大江健三郎研究

洪珍熙
著

まえがき

大江健三郎は、ノーベル文学賞受賞でその名がよく知られている作家である。彼は学生作家として文壇に華麗なデビューをし、「戦後世代」という強い意識を持って作家活動を続けてきた。それから、「核問題」をはじめ、「障害者」や「在日外国人」の現状など様々な社会的問題に対して自分の見解を示した。最近は、次の世代である子供たちに関心を持ち、作品を通して新たなメッセージを送っている。

この『大江健三郎研究』は、筆者が二〇〇二年作成した博士論文を基にして補完したものである。博士論文を書いてからほぼ三年が経ち、今、改めて読んでみると不足な部分も少なくない。だが、筆者にとっては、今後の研究を進めるための出発点となる貴重な資料であるに違いないと考える。

本書の目的は、比較研究の観点を取り入れて大江健三郎の文学世界を考察することにある。特に、ここでは初期作品に限定して、「民主主義」や「民衆」に対する氏の理解を、韓国の金芝河と比較する形で分析した。大江健三郎の「戦後民主主義思想」を把握するのに、本書が役に立つことを期待する。

二〇〇五年秋、洪珍煕

目 次

第二章　大江健三郎における「戦後民主主義」と「民衆」 / 55

第三章　キム・ジハにおける「民主主義」と「民族」 / 105

大江健三郎研究

序　論

1. 問題の提起

1−1. 大江健三郎とキム・ジハの交流

大江健三郎とキム・ジハ(김지하 金芝河)における交流が始まったのは、キム・ジハが韓国の国家保安法違反で死刑を宣告された1974年頃だと考えられる。当時日本では、キムの救命運動のため在日韓国人と日本の知識人達が集まり、ストライキを行ったが、その中には大江の姿もあった[1)]。大江は、1970年からアジア・アフリカ作家会議に参加することで、キムの文学に接することが出来たと見られるし、ある意味で二人の交流は、キムに対する大江の一方的な関心から始まったとも言える。しかし、このような背景には、日韓両国における翻訳の事情も関係する。1970年代当時、死刑宣告を受けた詩人というセンセーショナルな話題とともに、キムの作品の多くが日本語で翻訳されたことに対して、大江の作品は韓国の人々に殆ど知られていなかった[2)]。1980年代

1) キム・ジハの釈放を要求する「金芝河救出委員会」の声明には、大江健三郎以外にも、鶴見俊輔、遠藤周作、小田実などの、日本における著名人の名前を見ることが出来る。(タブチ・フミオ著、チョン・ジリョン(정지련)訳、『神と革命の統一』タサン・グルバン、1991年p56,57を参考にする)

2) コ・ヨンザによると、1960年に「飼育」(シング文化社)が翻訳されただけであるという。(『大江健三郎――新戦後派の文学ゲーム』建国大学出版部、1998

に入ってからも、キムの作品は日本で次々と翻訳、紹介されたが、大江の作品が韓国で本格的に知られるようになったのは、彼がノーベル文学賞を受賞してからのことであった。

救命運動以後、二人が初めて対面することになったのは、大江が1990年「世界はヒロシマを覚えているか」というタイトルのＮＨＫテレビ番組の取材で韓国を訪問した時であった。しかし、二人における初めての対面は、日本と韓国における歴史上の問題を論じることで終わったようである。原爆による広島の人々の悲惨な思いを述べる大江と、日本国の戦争責任を追及するキムの異なる立場が衝突し、互いの文学観を語ることは出来なかったのである。それから、二人が再会するのは、1995年、韓国のクリスチャン・アカデミーと日本の岩波書店が共同主催したシンポジウム(「解放五十年と敗戦五十年——和解と未来のために」)のパネリストとして参加した時である。その場で二人は、「アジアの文学の可能性」という題で対談を行い、自分たちの持つ文学観を語り合った[3)]。

大江は、1994年、ノーベル文学賞受賞の講演の時、アジアにおける文学者からの影響を述べる中でキム・ジハの名を挙げているが[4)]、日本と韓国を代表する戦後世代の知識人として、そして、文学者として、二人の交流はこれからも期待されるところである。

1-2. 大江健三郎とキム・ジハにおける共通点と相違点

上述した、大江健三郎とキム・ジハにおける交流には、二人の交流を可能とする次のような幾つかの共通点を見ることが出来ると思う。

年p19を参考にする)

3)『東亜日報』1995年2月4日付

4)「あいまいな日本の私」『あいまいな日本の私』岩波書店、1995年p14,15

i .**「民主主義精神」を基本とする社会意識が、二人の初期作品に反映されていること。**

:　二人は、自分たちが所属している社会の現実的な状況を捉える中で、人間の自由を抑圧する強権的な力に対抗していく。そのような反逆の姿勢は、「民主主義精神」に対する信頼からであった。

ii .**社会の周縁的な存在である、「弱者」としての人間に注目したこと。**

:　たとえば、大江の場合、同じ日本人でありながらも正当な主権を使えない沖縄の人々や在日外国人に、また、キムの場合、独裁政権の下で苦しむ被支配層の民衆に注目、彼らに共感を覚えていた。

iii .**「故郷」という場所的な背景から大きな影響を受けていること。**

:　大江は愛媛県のある「谷間の村」で、そして、キムは韓国の南部にある全羅道(ゾンラド)の木浦(モッポ)というところで生まれ育った。二人は高校以来故郷を離れ都会で生活することになるが、子供の時の故郷での暮らしによって、それぞれ、日本と韓国の「村落共同体」や「民衆」に対するイメージを掴んだと見られる。また、二人にとって故郷は、自分たちのアイデンティティーを求める場所として、大きな影響を及ぼしている。

しかし、大江とキムは、このような共通点を持っているにも拘わらず、「民主主義精神」を担っていく主体性の問題においては大きな見解の違いを見せている。即ち、大江があくまでも一人の「個人」における主体性の確立を求めていることに対して、キムは「民族(民族の大多数を成す「民衆」と同一の意味として)」という共同体の主体性に注目していることである。特に大江は、各々の民族が持つ独自的な歴史と文化については関心を見せているものの、民族における主体性の問題については言及を避けているような印象を受ける。そして、このような傾向は、キム・ジハの文学に対する大江健三郎の捉え方においても反映されている。

本論文では、上述した大江健三郎とキム・ジハの共通点と相違点を中心に、「個人」や「民族」における主体性の問題を考察していくつもりである。

2. 研究史上の意義

まず、本論文における研究史上の意義について述べたいと思う。

ⅰ. 韓国文学との比較によって、大戦後の日本文学においてなぜ「民族」が中心的テーマとならなかったかを明らかにする。

: 民族という共同体に対する大江健三郎とキム・ジハの捉え方の違いは、二人の個人的な立場だけではなく、日韓両国の文学における「民族」の理解と関わっていると考えられる。それで、本論文ではまず、第二次世界大戦後の両国の文学における「民族」の理解を検討した上で、大江とキムの立場を明らかにしたいと思う。

韓国の場合、大戦後、「民族」をめぐる文学界での論議は激しく行なわれ、「民族文学」という下位概念までが成立するようになる。そして、それとともに、民族をめぐる文学上の研究も展開されている現状である。それに対して、日本の場合、文学界において「民族」における主体性を求めることが殆どなく、「民族」の問題をめぐる文学的な論争は持続的に行われていなかった。

ここでは、大戦後の日本文学の中で、中心的な課題として取り扱われることが殆どなかった「民族」の問題を検討することによって、日本文学の裏面を垣間見ることにする。大江健三郎とキム・ジハが本研究の中心になるので、戦後史全体に亘る細かな検討までには至らないが、韓国における「民族文学」と比較研究することで、日本文学における「民族」に対する捉え方がより明らかになる。

ii. 大江健三郎における個人の主体性の問題を、「戦後民主主義」、「沖縄の民族」、「日本の村落共同体」という多くの観点から検討することによって、大江文学の特質を明らかにする。

:　『大江健三郎——文学の軌跡』(新日本出版社、1995)という大江健三郎論を書いた中村泰行は、「戦後民主主義」をめぐる大江の個人における主体性が、「実存主義」からの一方的な影響によるものだと見ている。しかし、私は、実存主義による思想的な影響をある程度は認めるものの——確かに、大江の初期作品によく用いられる「個人」、「自由」、「不安」、「状況」、「選択」などの概念は、サルトルの実存主義に対する強い共感からである——、大江の個人における主体性は、戦後世代の「日本人」としての彼の体験と感想が何よりも大きく作用していると考える。本論文では、個人における主体性の重要性に注目する大江文学の特徴を、天皇制をめぐる「戦後民主主義」、「沖縄民族」という異民族への関心、日本の「村落共同体」に対する大江の捉え方いう多くの観点から検討することで、大江文学の特質を明らかにする。

iii. キム・ジハ文学に対する大江健三郎の一面的な捉え方を明らかにする。

:　本論文では、キム・ジハ文学における「民族」、または、「民衆」の本質を検討した上で、それに対する大江健三郎の捉え方が一面的であることを明らかにする。

キムの書いた「譚詩」の作品群や大説『南』に対する大江の評価は、作品の構造や表現における記述上の問題にとどまっており、韓国の民衆の持つ主体性に関しては、全く触れていない。そして、大江のこのような捉え方は、前述した大江の「個人」における主体性の問題とも関わっている。

上述した三つのテーマを中心に、作品分析などを通した具体的な検討に入りたいと思う。

3. 本論文の構成とその方法

本文に入る前に議論の進め方とその方法について簡単に述べることとする。

まず、「第一章」では、第二次世界大戦後、「民族」の問題をめぐる日韓両国の文学者たちの見解を検討することによって、両国における「民族」と「民主主義」の相関関係について考察する。また、両国の文学における民族の捉え方を比較・検討することで、大江健三郎とキム・ジハの文学的な背景や、戦後文学史における二人の位置が明確にされる。

「第二章」では、大江健三郎における「民主主義」と「民族」の理解を検討する。まず、作者大江の戦後民主主義精神が反映されている小説「セヴンティーン」第一、二部の作品分析を通して、そこに見られる「個人」における主体性の問題について考察する。そして、その後、「谷間の村」を背景とした幾篇かの作品分析を通して、日本の「村落共同体」に対する大江の捉え方について検討する。「村落共同体」に対する大江の描き方を通して、日本の民衆に対する彼の理解を明確にしたいと思う。

「第三章」では、キム・ジハにおける「民主主義」と「民族」の理解を検討する。まずは、彼が創作した戯曲や「譚詩」の作品分析を行い、そこに表れている「民衆」における主体性の問題について考察する。特にキムは、韓国朝鮮時代後期の民衆芸術である仮面劇の「タルチュム」や、「パンソリ」の形式を借りて創作に臨むことで、伝統における民衆意識の継承を試みた。このようなキムの実験精神に注目しながら、韓国の民衆に対する彼の理解を検討する。

「第四章」では、キム・ジハの文学に対する大江健三郎の一面的な理解について述べることにする。日本の民衆に対して根深い不信感を持っていた大江が、韓国民衆における主体性を信頼、期待するキムの文学を本質的に理解していたのか。キムの作品に対する大江の捉え方や評価を通して、その疑問に答えていく。

※本論文の中に使われる韓国語の表記や引用に関しては、次のように統一することを示して置く。

ⅰ. 韓国の人名や固有名詞の表記

名前の場合は、読みやすさと調べやすさ(参考文献との対照)を考えて、先にカタカナで読み方を書いた後、括弧して韓国語のハングルと漢字(漢字は、既知のものに限る)を書く。例：キム・ジハ(김지하 金芝河)

固有名詞の場合は、その意味を優先する。先に漢字を書いた後、括弧してカタカナで読み方を表記する。例：広大(クァンデ)

ⅱ. 韓国語の文献からの引用

全て筆者・ホンの拙訳による。

第一章
第二次世界大戦後の日本と韓国の文学における「民族」の理解

1970年代、韓国の独裁政権に対抗する韓国人文学者の活動が日本に伝り、現実社会に対する韓国人文学者の姿勢が注目を浴びるようになった。特に、政府を批判する内容の諷刺詩を発表したことで死刑の宣告を受けたキム・ジハ(김지하 金芝河)の場合、日本は勿論のこと、一躍世界にその名を知らせることになる。

私見によれば、韓国人文学者の持つ社会参加意識の中には、「民族」を中心とする主体意識が強く存在しているのが特徴である。しかし、このような特徴は、同じ頃の日本の文学においてなかなか見られなかった現象であると同時に、日本の文学者にとっては理解しがたい部分であったと考えられる。このような背景には、韓国のような緊迫した政治的状況が存在していなかったことと、「民族意識」というものに対するマイナス的な思考、それから、伝統的な韓国の民衆芸術である「パンソリ」に関する知識が足りなかったことなどを、その理由として挙げることが出来る。実際、キム・ジハの作品が日本で紹介された時、「民主主義」あるいは「民衆運動」と関連した政治的な評価が多く、民族の歴史に基づく民衆の芸術と主体性を論じたものは少なかった[1)]。

---

1) キム・ジハ作品の多くは、『民主文学』や『新日本文学』のような、戦前のプロ

そして、このような1970年以後見られる韓国の文学に対する日本での理解は、何よりも「民族」というものに対する両国の捉え方の違いが大きく作用していると考えられる。

戦中、伝統に基づく民族的倫理観が、国家の侵略主義に利用されたという経験を持つ日本人にとって、民族の団結や民族意識の確立というのが肯定的イメージを持つことはなかった。これに対して韓国の場合は、植民地時代から、民族が一つの主体意識として根強く存在してきた。国家主権を失ったことで人々はより民族的主体性を求め、自分たちのアイデンティティーを確立しようとした。そのような韓国人にとって「民族」とは、ある程度肯定的で必然的なものであった。

上述したように、「民族」をめぐる日韓両国の捉え方の違いは大戦後においても引き続き影響を及ぼすが、そのような傾向は文学界においても例外ではなかったと思われる。

そこで本論文では、第二次世界大戦後、日本と韓国の文学において「民族」というものがどのように理解されてきたのかを、まず検討することにする。このような検討を通して、両国の持つ社会的状況やそれに臨む文学者たちの姿勢を見ることが出来ると期待されるからである。

本論に入る前に、「第一章」の進め方について述べることとする。

最初に断っておきたいことは、この論文が民族の起源を検討するようなものではないことである。言い換えれば、日本や韓国の民族が純粋であるか混血であるか、または、いつ・どこから始まったのかという内容ではないことである。そこで私は、「第二次世界大戦後の文学において」という限定を付して述べることにする。

大戦後、日本と韓国の文学における民族意識の問題は、対照的な相違を見せている。第二次世界大戦を通して、意図的な民族意識の鼓吹

レタリア文学精神を継承する文芸雑誌に大々的に紹介された。

が創り出した結末を体験した日本の文学者たちは、戦後、民族の問題を言及することに相当の違和感を持っていたと思われる。言及されるとしても、それは、戦中の「ウルトラ・ナショナリズム」を連想させる「民族」それ自体に対する激しい糾弾に過ぎなかったのである。そのような状況の中では、民族の問題が文学の主題として採り上げられたとしても、それは一時的なものにしかならなかった。しかし、一時的なものであったとはいえ、文学における日本民族の在り方を示した意見もある。例えば、竹内好の「国民文学論」や三島由紀夫の「文化防衛論」、それから、大江健三郎の『沖縄ノート』を挙げることができるが、それらを、「1」で検討する。

それから、「2」では、韓国の文学における民族の意味を考える。日本と違って韓国の場合は、民族をめぐる文学界での論争が激しく、継続的に行われてきた。論争の内容も、直面した時代的背景——植民地からの解放、朝鮮戦争による南北の分断、独裁政権の長期化など——とともに様々な展開を見せている。このような理由で、ここでは、「大戦後」と「1950,60年代」、それから「1970年代以後」という三つの時期に分けて、民族に関する文学者たちの見解を整理し紹介する。このような時代区分は、チェ・ウォンシック(최원식 崔元植)の「民族文学論の反省と展望」(1982年)、ホン・ジョンソン(홍정선 洪廷善)「民族文学概念に対する歴史的検討」(1988年)を参考にした[2]。

特に、1970年代以後では、再び民族文学の意味を持ち出し、理論化

2) 「民族文学論の反省と展望」の中でチェ・ウォンシックは，民族文学を、「1920年代」と「解放直後」、それから、「1970年代」の三つに分けている。その上、1980年代における 民族文学の展望を述べた。ホン・ジョンソンの場合も、民族文学の歴史を、「1920年代」、「解放直後」、「1970年代」の三つに分けて述べている。私は、上述した二人の見解を参考にして、大戦後の韓国文学における民族の意味をまとめたが、大戦直後(解放直後)や1970年代の他に1950,60年代を入れることで、1970年代に再び注目を受けるようになった「民族文学」の中間過程を述べることにした。

したことで評価されている、評論家のペク・ナッチョン(백낙청 白楽晴)の民族文学論を検討することで、韓国の文学における民族の新たな姿を考察する。そして、その後、「民族」に対するキム・ジハの認識を検討する。

最後に「3」では、大戦後、日韓両国の文学における「民族」の捉え方を明らかにするとともに、両国の戦後文学史における大江健三郎とキム・ジハの位置とその特徴について述べることにする。

1. 大戦後の日本の文学における「民族」の理解

1－1. 竹内好の「国民文学論」

1950年代に入ってから暫くの間、日本では民族の問題が社会的な反響を及ぼした。その背景には、サンフランシスコ平和条約をめぐる政治的問題や、朝鮮戦争(「6.25戦争」あるいは「韓国戦争」に対する日本での表現)などの国際的情勢が存在する。ここでは、サンフランシスコ平和条約を巡る日本とアメリカとの関係について少し話さなければならないと思う。1951年9月8日、サンフランシスコでは「サンフランシスコ平和条約」、正式には「日本国との平和条約」が調印された。これは第2次世界大戦後、日本と連合国48国との間で協約された平和条約である。日本の代表は当時の首相であった吉田茂であり、日本では1952年4月28日から条約が発効された。これによって、日本は主権を回復するようになる。しかし、沖縄や小笠原などは無期限にアメリカの支配下におかれることになった。さらに、外国軍隊の駐留を認め、これをうけて日米安全保障条約が結ばれ、日本は冷戦下のアメリカの戦略体制の中に組み入れられた。そうした中で民族の問題は、政治的課題だけではなく、文学においても一つの話題になっていくのである。

その中でもたとえば竹内好は、「国民文学論」を述べることで、日本文学における民族の問題を喚起させた人の一人である。竹内のいう民族問題とは次のようなものである。

> これまで、民族の問題は、左右のイデオロギイによって政治的に利用される傾きが強くて、学問の対象としては、むしろ意識的に取り上げることが避けられてきた。右のイデオロギイからの民族主義鼓吹については、近い過去に、にがい経験をなめている。その苦痛が大きいために、戦後にあらわれた左のイデオロギイからの呼びかけに対しても、簡単には動かされない、動かされてはならないという姿勢を示した。敗戦とともに、民族主義は悪であるという観念が支配的になった。民族主義(あるいは民族意識)からの脱却ということが、救いの方向であると考えられた。戦争中、何らかの仕方で、ファシズムの権力に奉仕する民族主義に抵抗してきた人々が、戦後にその抵抗の姿勢のままで発言し出したのだから、そしてその発言が解放感にともなわれていたものだから、このことは自然のなりゆきといわなければならない。
>
> (下線筆者・ホン)[3)]

引用したように戦後の日本社会は「民族」という言葉に不信を抱くようになるが、その理由は言うまでもなく、戦中、国家権力によって「日本民族」の幻想がつくられ、人々がそれに利用されたという過去の苦い記憶を持っているからである。民族に対する戦後の激しい不信の傾向を竹内は一種の熱病状態だと述べながら、そのような現象の根拠をもある程度認めている。しかし、竹内は、「民族意識」あるいは「民族主義」

---

3) 竹内好『竹内好全集(第七巻)』筑摩書房、1981年p28,29から引用。

の中で追い払うべきものは戦中の「ウルトラ・ナショナリズム」(これに対して、日本以外のアジア諸国は「正しい」ナショナリズムであると彼は述べている)であって、「民族」それ自体を否定するのはいけないと主張する。

竹内は、「処女性を失った日本」という丸山真男の表現を引用しながら[4)]、戦中体験した日本の「ウルトラ・ナショナリズム」の間違いを指摘している。それとともに、人々の日常生活に基盤を置いていなかったプロレタリア文学や、西洋文学の理論を中心に一方的な姿勢で日本の文学を取り扱う近代主義についても同じく批判的な立場を取っている。戦中における日本の民族主義が間違った道を歩んだ理由の一つは、人間としての倫理を自覚することが出来なかったからというのが竹内の判断であり、従ってそれを克服するには「近代主義」という外部からの概念ではなく、日本に存在する潜在的な力によって解決すべきであるとも述べている。

そこで竹内は、日本文学における民族的主体性を取り戻すために一つの例を出しているが、それは、健全な倫理的意識の把握を日本文学に求めたといわれる[5)]「日本ロマン派」のことである。特に、文学の役割について強く語っている竹内は、「日本ロマン派」を初めとする、日本文学史におけるナショナリズムの伝統を次のように語っている。

> 「日本ロマン派」は、さかのぼれば啄木へ行き、さらに天心へも子規へも透谷へも行くのである。福沢諭吉だって例外ではない。<u>日本の近代</u>

---

4) 丸山真男「日本におけるナショナリズム」(『中央公論』、1951年1月号)——『丸山真男集(第五巻)』岩波書店、1995年から引用。
5) 竹内は「近代主義と民族の問題」の中で、「高見氏が『日本ロマン派』の中の正しい部分とよんでいるのは、かれらが「健全な倫理的意識」の把握を日本文学にもとめた、ということを指しているが、これを民族意識と置きかえることもできるのではないかと私は思う」と述べている。

> 文学史におけるナショナリズムの伝統は、隠微な形ではあるが、あきらかに断続しながら存在しているのである。近代主義の支配によって認識を妨げられていただけだ。その埋もれた宝を発掘しようと試みるものがなかったために、「日本ロマン派」の反動を導き出したのである。少なくとも歴史的意味においてそうだった。(下線筆者・ホン)[6)]

日本ロマン派を初め、石川啄木から福沢諭吉にまで続く、人間としての倫理を自覚することが出来た日本文学におけるナショナリズムの伝統というのは、上記引用以外の論述がないため具体的にどのような内容を指しているのかはよく分からない。だが、竹内がその伝統の中で、日本文学における「健全なナショナリズム」を読みとろうとしたことは確かである。

一方前述した竹内と日本ロマン派との緊密な関わりについては、たとえば橋川文三の次の指摘を通して推測することが出来る。

> 私は現在、日本ロマン派の問題提起をもっともオーソドックスな形で継承している唯一の人が竹内ではないかと思っている。むしろ、竹内と保田を含めた形で、文明批判の体系としての日本ロマン派の意味をキチンと考えておくべき時期が来ているし、あるいは少しおそいくらいだと思っている。[7)]

この文を通して、竹内と日本ロマン派に見られる共通点は、近代文明に対する批判意識だということが分かる。竹内は、日本ロマン派が見せてくれた、欧米文明に対する拒否や伝統追求の精神を再開しようと試みた。そして、彼は、日本文学における伝統というものの中で、

---

6) 竹内好『竹内好全集(第七巻)』筑摩書房、1981年p35から引用。
7) 橋川文三『(増補)日本浪漫派批判序説』未来社、1965年p35

日本民族の主体性を確立する必要性を改めて主張したのである。

このような竹内の主張は、「占領下日本の講和条約の内容が論議され、日本の従属化の危機意識が人々を捉えた時であり、多くの人々が共感しつつ、さまざまな主張を提起し、活発な論争が展開された8)」という、時代的な状況と緊密に結びついていた論であり、その時代的な緊迫性をも感じさせる。

民族における主体性を、欧米という外部からのものではなく、国内近代史という内部において求めようとした竹内の試みは、民族という言葉自体に対して幻滅や懐疑を感じていた大戦後の人々に、民族意識の新しい展開を作るきっかけとなったのかも知れない。しかし、彼も述べたように、日本の近代文学史における肯定的な意味でのナショナリズムの伝統は、「隠微な形」としてしか存在していなかったのではないか。それとは逆に、戦中における「ウルトラ・ナショナリズム」は、別の形として日本社会に居残るようになったことを、次に引用する丸山の意見から見ることが出来る。

> この点でもう一つ注目すべき現象は従来のナショナリズム意識の社会的分散ということである。地方的郷党感情や家父長的忠誠などの伝統的道徳ないしはモーレスの組織的動員によって形成された国民の国家意識は、中央への集中力が弛緩すれば直ちに自動的に分解して、その古巣へ、つまり社会構造の底辺をなす家族・村落・地方的小集団のなかに還流するのは当然である。このいわば国家意識の動員解除もきわめて急速に起った。例えば戦争直後の社会的・経済的混乱のなかから至るところ「テキヤ」や闇商人の集団が生れ、また地方には何々組、何々一家等の半暴力的団体が広汎に輩出或いは復活して、それらが新宿の尾津組や新橋の松田組の例に見るように、地域的に警察機能を代

---

8)「国民文学論」——祖父江昭二、『日本現代文学大事典』明治書院1994年

> 行するような現象を呈したこと周知のごとくであるが、そうした集団には多くの復員兵が吸収されて行った。そうしたいわゆる「反社会集団」は概ね親分子分の忠誠関係と軍隊に類似した組織的訓練をもっているから、それだけに中心的なシンボルの崩壊から生じた大衆の心理空白を充たすにはきわめて適合しており、その階層的秩序と集団的統制に服従することによって社会的混乱からくる孤立感と無力感を癒すことができた。(傍点原文、下線筆者・ホン)[9]

大戦後の社会的不安、即ち、天皇や日の丸と代表される中心的シンボルを失ったという人々の虚無意識は、人々をして家族や村や地方的小集団への帰属を求めさせるようになったと見られる。そもそも、日本のナショナリズムは、家族を中心とする倫理観と融合して創られたものであり、民衆の一人ひとりの切実な願望という自らの意志によるものではなかったといわれる。そして、丸山の指摘によると、戦中のナショナリズムは敗戦と共に消失したのではなく、その姿を「古巣」である「社会構造の底辺」に「分散」させているにすぎないという。即ち、「敗戦後数年間日本におけるナショナリズムの運動ないし感情は少くも表面に現れたところではきわめて弱かったが、それでも全く影をひそめたわけではない[10]」と丸山は言うのである。

その上丸山は、近代以来、日本のナショナリズムの持つ大きな特徴として、「反革命的」性格があると述べている。

> 日本のナショナリズムの思想と運動はこうした日本帝国の発展と形影相伴って展開された。それは、大体においてこのような発展形態の正当化という意味を持った。「玄洋社」[11]以来の民間におけるナショナ

---

9) 丸山真男『丸山真男集(第5巻)』岩波書店、1995年p73から引用。
10) 丸山真男『丸山真男集(第5巻)』岩波書店、1995年p106から引用。

> リズム運動は二、三の例外を除いて、支配体制に対する根本的なオポジションとしてではなく、むしろ支配体制に内在する膨脹主義的契機を鞭撻する運動として展開された。従ってそれは社会革命と結合するどころか逆に反革命および反民主主義と結びつくものであった。12)

上述した丸山の指摘を読んで改めて分かるのは、近代以来の日本社会における民族意識が、伝統的な倫理観と融合して、反革命および反民主主義の役割を果たすものとして継続してきたということである。それは、個人個人に基づく自覚が欠如した、共同体の動きであったとしか言えない。天皇を建前とする支配体制の範囲内でのナショナリズムは、常に、反革命・反民主主義的なものとしてしか存在しなかったのである。

竹内は、戦後の日本社会における民族の問題を、主体性の確立という意識的なものとして展開した。しかし、彼が展開しようとした肯定的な意味のナショナリズムがあまりにも「隠微な形」であるのに対し、逆に「ウルトラ・ナショナリズム」は大戦後にも社会的に分散する形で根強く存在し続けたのではないか。大戦後の日本文学に、民族意識を通して新たな勢いを運ぼうとした竹内の試みは、民族の問題に対する文学界の冷たい反応の中で、孤独な主張で終わってしまう。

1950年代前半の一時期ではあったが、世人の関心を集めた民族の問

---

11) 明治期の国家主義団体。1881年、民権結社向陽社を母体に、平岡浩太郎を社長として頭山満(とうやま・みつる)、箱田六輔らが創立。大陸進出を綱領にかかげ、しだいに対外強硬色を強めた。条約改正では1989年、社員来島恒喜が外相大隈重信を襲撃し、日露開戦前には対露強硬論を主張した。軍とも密接に結びつき、いわゆる大陸浪人を生みだした。頭山を中心に右翼や政界に隠然たる力をもった。1946年、GHQ(General Head Quartersの略字で、連合国最高司令官総司令部を意味する：筆者・ホン)指令で解散。『日本史辞典』角川書店、1996。

12) 丸山真男『丸山真男集(第５巻)』岩波書店、1995年p93から引用。

題は、大戦後の日本人に新たな主体意識を求めたように見られる。そして、私たちは、当時の社会的状況を考える中で、戦前とは異なる肯定的な意味のナショナリズムを展開しようとした少数の知識人を見ることができる。しかし、それ以後、民族を中心とする主体意識形成の主張は弱まり、特に大きな主題として取り扱われることはなかった。そうした中でも竹内は、当時の社会が直面した現実的な問題に対して、文学が積極的に関わることで解決策を求めようとしたが、彼の述べる「国民文学論」は、時代的状況の変化とともに忘れ去られる結果を迎え、長く人々の注目を受けることはなかったのである。

1－2. 三島由紀夫の「文化防衛論」

1950年代前半以来、民族をめぐる文学界の関心は静まるが、その中で、改めて民族の問題を露にしたのが、文学者の三島由紀夫である。

三島は、1968年7月の『中央公論』に「文化防衛論」を発表して、次のように述べている。

> 国と民族の非分離の象徴であり、その時間的連続性と空間的連続性の座標軸であるところの天皇は、日本の近代史においては、一度もその本質である「文化概念」としての形姿を如実に示されたことはなかった。(中略)明治憲法下の天皇制機構は、ますます西欧的な立憲君主政体へと押しこめられて行き、政治的機構の醇化によって文化的機能を捨象して行ったがために、ついにかかる演繹能力を持たなくなっていたのである。雑多な、広汎な、包括的な文化の全体性に、正に見合うだけの唯一の価値自体として、われわれは天皇の真姿である文化概念としての天皇に到達しなければならない。[13)]

13) 三島由紀夫「文化防衛論」『中央公論』中央公論社、1968年7月号p114

三島は、政治的機構としての国家と、文化的・歴史的共同体としての民族が調和よく融合するためには、文化概念としての天皇にその鍵があると述べている。彼は、自分が政治的概念たる天皇の復活を望む復古主義者ではないと主張しながらも、あくまでも、文化的な面と政治的な面との両方を包括できる、真姿の天皇を求めたのである。

このように、文化概念としての天皇を主張する三島の内面には、近代主義に対する強い不満があったと思われる。彼は、欧米的観念にだけ絶対的価値を置く現状を慨嘆すると同時に、明治以来見られる日本文学の病弱さを指摘する。何より三島は、武士の姿を失った日本の小市民的な近代小説が嫌いだったようである。そのような彼が、日本の伝統的な文化を復帰させるために提案したのが、近代社会以前に存在した真姿の天皇だったのである。特に、このことに関して三島は、津田左右吉の「日本の皇室」という文を引用しながら、学者や文人、芸術家として国民の尊敬を受けてきた天皇の姿に注目していることが分かる14)。

三島は、自分が追求する文化概念としての天皇には、政治的権威を振るうという軍事的な性格はないと述べている。勿論、このような天皇観は、近代以前の天皇像を考える時には当て嵌まる内容かも知れないが、大戦中における天皇の役割を考える時には通じない内容であろ

---

14) 「日本の皇室」の中で津田左右吉は、皇室の文化上の地位とその働きについて次のように述べている。

「歴代の天皇が殆ど例外なく学問と文芸とを好まれたこと、またそれに長じてゐられた方の多いことは、いふまでもないので、それが皇室の傳統となってゐた。これもまた世界のどの君主の家にも類の無いことである。政治的手腕をふるひ軍事的功業を立てられた天皇は無いが、学者、文人、芸術家、としてそれぞれの時代の第一位を占められた天皇は少なくない。国民の皇室尊崇にはこのことが大きなはたらきをしてゐるが、文事にみこころを注がれたのもまた、政治の局に当らず煩雑な政務に累せられなかったところに、一つの理由があったらう。日本の皇室を政治的観点からのみ見るのは誤りである」(『中央公論』1952年7月号p8)

う。三島は、自分の関心を近代以前における天皇の姿に集中する一方、近代以来見られる天皇の戦争責任については特別な意見を示していなかった。

しかし、私見によれば、戦中における天皇の責任については全く触れることなく、近代以前に見られたという天皇の真の姿だけを求める三島の「文化防衛論」は、どこか筋の通らない主張のように聞こえる。「国家」や「民族」を一つの融合したものとして捉えるために打ち出した文化概念としての「象徴天皇」論は、戦中の生々しい体験を覚えているアジア諸国の人々には納得のいかない話であっただろう。それはまさに、「文化概念としての天皇はしばらく真の姿を喪失していたが、何もかも悪いのは明治以来の近代主義だ」という、責任を逃れようとする話にしか聞こえないからである。

「文化防衛論」を通して何より注目したいのは、「民族」に対する三島の捉え方である。三島は、民族を、あくまでも政治的概念を離れたものとして理解していた。即ち、ある主義や理念として、人々に訴えるようなものとしては思っていなかった。彼は、「民族主義」と呼ばれる意識的行為は、国家と民族が分離されているところに必要なだけで、日本のように、民族と国家が非分離の状態にある国には民族主義が必要ないと言う。日本でわざわざ民族主義を主張することこそ、民族と国家の統一を断絶させることだと、三島は捉えていたのである。只彼は、近代以来の日本の姿に不安を感じ、民族と国家を理想的に融合するための対案として、「真姿の天皇」という文化概念を創出したのであった。

三島は、日本社会における伝統的な文化を重視するとともに、欧米からの近代主義に対して批判的な態度を示した。このような傾向は、前述した竹内好の「国民文学論」と一見通じているように見られる。しかし、三島は、あくまでも民族を、主体性や意識の問題として用いることはなかった。勿論、国家の政策に真正面から対抗するような、革命的な力として捉えることも全くなく、むしろ、民族と国家は融合するべきものであると、彼は考えていたのである。

戦後の日本文学において、「民族」というものをある種の意識や主体性として用いたのは、竹内好の「国民文学論」以外なかなか見られない。1950年代前半以後は、日本の文学において「民族意識」の問題が注目を受けることもなく、民族は、過去の歴史における文化共同体としてしか認識されていなかったように考えられる。そして、このような状況は、沖縄の復帰問題とも無関係ではないと思うが、次に述べる大江健三郎の『沖縄ノート』を通して、その内容を検討していく。

1－3. 大江健三郎の『沖縄ノート』

『<日本人>の境界』(新曜社、1998年)の中で小熊英二は、日本における沖縄問題について、「六〇年代後半以降、本土におけるベトナム反戦運動の高まりとともに、沖縄問題は一般においても関心を集めるようになった[15)]」と述べている。

まずここで、ベトナム戦争と沖縄との関係について話さなければならないと思う。元々、ベトナム戦争とは、ベトナム共和国(南ベトナム)とベトナム民主共和国(北ベトナム)・南ベトナム解放民族戦線との内戦にアメリカが介入し、ラオス・カンボジアにまで拡大された戦争を言う。1964年、アメリカ軍はトンキン湾事件をきっかけに北ベトナムに対する空爆(これを「北爆」という)を開始した。それから、1965年、南ベトナムに対しては地上軍による直接介入を開始し、最高時54万人

---

15) 小熊英二『<日本人>の境界』新曜社、1998年p602

を投入した。1967年からは北爆を強化すると共に、南ベトナムでは枯れ葉剤などの化学兵器をも使用し始める。この間、沖縄の米軍基地からB52が出撃したほか、日本は発進、兵站、補給、慰安基地となり、大規模な特需を得た。しかし、アメリカ軍が沖縄を基地として利用できたことには、より複雑な歴史的な背景が存在する。

1951年のサンフランシスコ平和条約で、沖縄はアメリカ合衆国の施政権下に置かれるものとされた。そのため行政機関としての琉球政府主席や立法機関としての立法委員は公選とされ、一定の自治は認められたものの、最終的な意思決定権はアメリカが握っていた。その上、アメリカ軍が琉球住民の神経を逆撫でする事件がたびたび起き、左翼陣営を含めて本土復帰運動が推進されたのである。60年代まで、日本という国家から排除されていた沖縄、その沖縄がベトナム戦争を背景として、社会の中心問題として浮上した。しかし、沖縄をめぐる本土の人々の捉え方は、本土中心的な立場を捨てることがなかなか出来ず、沖縄の復帰によって政治や経済的な混乱を迎えるのではないかという実利的な議論が多かったようである。

このような状況の中で、作家の大江健三郎は『沖縄ノート』(岩波書店、1970年)を書き、沖縄民族の歴史や文化を理解しようとする見方を示した。三島のいう「民族と国家の非分離」の見解に対して、日本という国の中には、民族文化の多様性が存在すると披瀝したのが大江健三郎である。特に、大江は『沖縄ノート』の中で、「天皇制国家のピラミッドを支える中央志向性」の態度を捨てる必要性について言及している。三島が「文化防衛論」を発表した約一年後である1969年6月から1970年の4月にかけて、大江は沖縄に住んでいる特殊な日本人に対する自分の想いを、『沖縄ノート』に書いたのである。象徴天皇を中心とする三島の文化論に関して大江がどのような意見を持っていたのかはよく分からないが、殆ど同じ時期に、民族や国家をめぐる二人の捉え方が対照的であるのは、かなり興味深く感じられる。

そもそも、大江が沖縄に関心を持ち始めたのは、現代社会における核の危機と密接な関係があった。彼は1964年広島を訪れることによって、被爆者たちの生き方を身近に観察し、改めて核の危険性を感じた。そして、そのような広島での体験は、大江を核基地としての沖縄へと導いたと思われる。だが、広島と沖縄への訪問は、核問題だけではなく、「中心と周縁」という新しい課題を大江に与えた。即ち、日本という国がいわゆる「本土」を中心に動かされていることで、広島や沖縄など、周縁としての地域に対する理解があまりにも希薄であることに、大江は反省の念を示しているのである。

> 僕はとくに広島について、また沖縄について、本土で生き延びている人間としての自分のいやらしさを意識しないでは、即ち端的な恥ずかしさやためらいをおぼえることなしには人前で話すことができない。[16)]

また、大江は、同じ日本人でありながらも、「本土」とそうではない地域——ここでは沖縄——に住むそれぞれの日本人が存在することを明らかにしている。その上、今までの「本土」中心の思考から沖縄へと、自分の身を置きかえることによって、新たな自分を見つけ出すことにしたのである。それは、「沖縄をとして、日本人としての自己検証をめざす」という彼の表現の中にも端的に表れている。

> その時すでに、いま沖縄との相関において僕をとらえているところ

16) 大江健三郎『沖縄ノート』の引用は、『沖縄経験』(大江健三郎同時代論集4)岩波書店、1981年から行う。同書p81,82 以下同じ。

> の、日本人とはなにか、このような日本人ではないところの日本人へと自分をかえることはできないか、という自分自身への問いかけが、萌芽のかたちでそこにあるのを僕はいま認める。[17)]

上に引用した、「このような日本人ではないところの日本人へと自分をかえることはできないか」という内面の声は、『沖縄ノート』の中で、何十回も繰り返されて使われている。この内面の声は、沖縄問題に関してあまりにも無関心であった、自分を含む本土の日本人に対する警戒の声でもあっただろう。

ここで私が、『沖縄ノート』を通して何より注目したいのは、民族と国家に対する大江の理解である。次の引用文には、沖縄民族を想う折口信夫の文章とともに、それに対する大江の個人的な感想が述べられているが、まずはこの文を通して、「民族」に対する大江の見解を検討することにする。

> 「ああ蛇皮線の糸の途絶え——。そのやうに思ひがけなく、ぷっつりと——とぎれたやまと・沖縄の民族の縁(エニシ)の糸——。」(中略)
>
> むしろ、折口信夫の洞察にかかる、もっとも深い核心において、確かにぷっつりとやまと・沖縄の民族の縁(エニシ)の糸は、とぎれてしまっていたと、現在も、未来にわたっても、根源のところで、蛇皮線の糸の途絶えのようにも、それはとぎれてしまったままだ、というべきであるかもしれないのである。なぜなら、現在のおよそ反・歴史的な方向づけのなかの、端的にいえば米軍基地にうずまっている沖縄島で、軍政のもとにドル貨をもちいる生活をしながら、執拗に沖縄芸能を守る行為のうちには、占領軍へのはっきりした拒絶と共に、やまと民族へのしたたかな拒絶もまた、こめられているのではないかと、

---

17)『沖縄経験』(大江健三郎同時代論集4)岩波書店、1981年p89,90

正当に疑われるからである。(傍点原文)[18]

上の引用文を通して私たちは、大江が、日本列島に住む人々と沖縄に住む人々を、それぞれ違う「民族」として捉えていたことが分かる。そして、沖縄の人々を日本人というカテゴリーの中で扱いながらも、沖縄の人々と列島の人々は互いに違う民族だという考えは、三島の言う「民族と国家の非分離」という見解に対する異見と言えるのではないだろうか。

大江自身の話によれば、「沖縄ノート」の中で彼が考えつづけたのは、「日本人とはなにか」という命題であった。そのような彼にとって本土の日本人と沖縄の日本人は、異なる特徴を持つ、違う民族だったのである。すると、大江の言う二つの民族における異なる特徴とは何か。まず彼は、本土の日本人について次のように述べる。

> 日本人とはなにか、という問いかけにおいて僕がくりかえし検討したいと考えているところの指標のひとつに、それもおそらくは中心的なものとして、日本人とは、多様性を生きいきと維持する点において有能でない属性をそなえている国民なのではないか、という疑いがあることもまたいわねばならない。多様性にたいする漠然たる嫌悪の感情が、あるいはそれを排除したいという、なかばは暗闇のうちなる衝動がわれわれのうちに生きのびているあいだ、現になお天皇制が実在しているところの、この国家で、民主主義的なるものの根本的な逆転が、思いがけない方向からやすやすと達成される可能性は大きいだろう。そのとき、《天皇は、日本国の象徴であって、この地位は、主権の存する日本国民の総意に基く。》という憲法の言葉は、そのまま逆転のための根本的な役割を荷いうるだろう。[19]

---

18)『沖縄経験』(大江健三郎同時代論集4)岩波書店、1981年p244,245

この引用文を通して、大江の思う本土の日本人とは、なによりも「多様性の欠けている人々」であることが分かる。その背景には、象徴的とはいえ、天皇を中心とする中央集権的な思考が存在し、それで、多様性は拒否されるようになったというのが、彼の見解である。それから、大江は、上述した中央集権的な思考に影響されず存続している日本人の例を沖縄というところから見つけだしていた。

> 沖縄の民衆にとって天皇とはなにか、主権の存しない日本国民たる沖縄の民衆にとって天皇とはなにか、と考えつめてゆくことで天皇制にたいする態度の、生きた多様性にふれるならば、そこに抵抗の根源的な動機づけの手がかりはあるであろう。いうまでもなく、それは天皇制にたいする日本人一般の感じとり方、展望の多様性という方向に発展するのでなければ、ついに充分に意味の現実化することのない、手がかりにすぎないのであるが。(傍点原文)[20]

沖縄の人々にとって天皇は、彼らの生活とは関係なく存在してきた。言い換えれば、本土における天皇を中心とする中央集権的な思考は、沖縄の人々にそもそもなかったのである。そして、大江は、このような違いこそ、本土に住む人と沖縄に住む人を区別する大きな相違点だと理解していたように見える。現実における本土の日本は多様性を強く拒否し、認めようとしない。このような態度を大江は、日本中心の「中華思想」的感覚だと言いながら、中央集権的な思考を克服する必要性を述べているのである。そして、中華思想的感覚を捨て、多様性を持つために大江が提案したのは、相対主義、即ち、今までの視点を変えて相手の立場に立つことであった。

---

19)『沖縄経験』(大江健三郎同時代論集4)岩波書店、1981年p121
20)『沖縄経験』(大江健三郎同時代論集4)岩波書店、1981年p122

「本土復帰」という命題においては、あくまでも本土が中心になり、沖縄は本土に属することになってしまう。しかし、沖縄を中心に置いて考えることは出来ないのか？即ち、日本が沖縄に属するということはあり得ないだろうか？大江はこのような疑問を心の中で提起していた。それで彼は、次のような視点において、沖縄を中心に置く。

> 日本と日本人が、核のカサと、毒ガスのカサ、そしてあるいは細菌兵器のカサのうちに入りこもうとし、そのカサの威力によって辛うじてこのように存続しているのだという固定観念を否定するつもりがないなら、そのカサの支点として巨大な暗黒を支えている沖縄に、日本は属する。[21)]

一般の日本人が、日本の本土を中心に全てを理解しようとしても、核や毒ガス(アメリカ軍がベトナム戦争で使ったといわれる)の問題に関してだけは、沖縄が中心になるはずだと大江は考えていた。

大江は、沖縄の本土返還という問題において、沖縄の独立を強く求める立場ではなかった。核基地として、これから解決しなければならない大きな問題を抱えている沖縄を、いまさら他人事のように傍観することが、大江には無責任なことのように感じられたのだろう。却って彼は、同じ日本人だという一つのカテゴリーの中で、沖縄の問題を捉えていたと思われる。

特に、「日本人ではないところの日本人」と言う彼の表現をよく見ると、沖縄の人は、究極的な意味においては日本人の中に属されていることが分かる。大江にとって沖縄の人々は、「天皇を中心とする中央集権的な思考」を持っていない、特殊な、しかし、日本人であることには間違いない日本人であった。

---

21)『沖縄経験』(大江健三郎同時代論集4)岩波書店、1981年p119,120

結局、大江は、日本という一つの国に、日本民族(日本列島に住む民族)と沖縄民族という異質な民族が存在していることを認識すると同時に、互いに異なる二つの民族が共存する道を探ろうとしたと考えられる。彼は、沖縄というところに視線を向け、日本という一つの国の中でも、違う歴史や文化を持つ異民族が存在していることを示した。社会における周縁的な存在としての異民族に関心を寄せることで、日本における国家と民族の不一致を間接的に表したとも言える。

しかし、大江も、民族の問題について、主体性を持つ意識的なものとして展開しようとせず、只、歴史や文化の異質性だけを尊重しただけで終わっている。彼は、沖縄の人々が本土の人々とは違う歴史や伝統を持つ「異民族」であることを示しながらも、最終的には沖縄の人々を「日本人」という枠の中で取り扱おうとする態度を見せている。「多様性を認め合いながら共生する」ことを文学の大きなテーマとして掲げていた大江は、民族の問題を、主体性や意識という面では扱おうとしなかったように考えられる。

それから、上述した大江だけではなく、日本の文学における民族問題は、主体性や意識的な要素を排除した、独自な文化や伝統に対する関心へと向けられていったように感じられる。

2. 大戦後の韓国の文学における「民族」の理解

2−1. 民族の問題をめぐる文学の議論

(1) 大戦後

第二次世界大戦後、朝鮮半島では、解放の喜びとともに、社会各分

野で改革の雰囲気が満ち溢れた。そして、文学界においても、「朝鮮文学家同盟」や「全朝鮮文筆家協会」、「朝鮮青年文学家協会」[22)]のそれぞれの会が成立することになる。その中でも「朝鮮文学家同盟」のイム・ファ(임화 林和)は、「民族文学」について述べる中で、植民地時代の封建主義を脱皮した民主主義的近代国家の建設を提唱した。

だが、戦後間もなく、米・ソの信託統治によって南と北がそれぞれ違う政治的体制を取ることになった朝鮮半島では、イデオロギーの相違によって、文学を含むあらゆる文化活動が分断化していった。自主的独立国家への夢を持っていた大戦後の文学者たちは、結局、朝鮮戦争とともにその夢を喪失してしまったのである。

もともと、朝鮮半島における解放は、自分たちの手による結実ではなく、連合国の勝利によって与えられた副産物のようなものであった。そして、このような他国の力による解放は、朝鮮の自主的な独立国家の建設にも影響を与え、朝鮮半島は大戦後間もなく南北に分かれ、それぞれ、アメリカやソ連の信託統治を受けるようになる。北緯38度線を中心に南と北に分断された朝鮮半島は、アメリカやソ連によって政治的な干渉を受けながら、各々違う社会体制を取っていく運命になった[23)]。

植民地時代を過ごしてきた韓国人にとって、国家の主権を奪われたという喪失感は、民族に基づく連帯意識によって充たされた。即ち、韓国人にとって「民族」とは、自分たちのアイデンティティーを確保するための唯一のものとして存在してきたのである。そして、解放後間もなく二つの国に分裂させられることによって、人々は民族の統一に

22) 「朝鮮文学家同盟」は1945年12月16日、「全朝鮮文筆家協会」は1946年3月13日、それから、「朝鮮青年文学家協会」は1946年4月4日にそれぞれ結成された。
23) 歴史学研究所著『講座 韓国近現代史』プルビッ、1995年を参考にする。

対する願望を持ちつづけるようになる。

南北分断の後、アメリカの信託統治を受けるようになった韓国の場合、厳しい経済的混乱に陥り、植民地時代と比べても実質の賃金が下がる程の大変な状態が続いた。これは、「一般に軍事占領は当然被占領国民に抑圧感を与え、その国民的感情を刺激するが、日本の場合、総司令部当局は少なくも最初の数年間は多くの国民にこうした感情を興起させず、むしろ占領を恩恵と感ぜしめるような政策を成功的にとって来た[24]」という丸山真男の指摘を考えると、大戦後の日本とは相当対照的な面を見せている。韓国の場合、植民地から解放されてからも社会的な混乱が続き、人々はその厳しさを肌で実感しなければならなかった。

(2) 1950, 60年代

1955年インドネシアでは、第1回アジア・アフリカ会議が開かれた。その会議の趣旨は、今まで世界の中心を成してきた西洋的な世界観を脱皮すると同時に、第三世界の連帯を試みるということであった。いわゆる、「反帝国主義」「反植民地主義」「世界平和」の強化をその柱としていたのである。それから、アジア・アフリカ会議に続き、翌年の1956年にはインドのニューデーリーでアジア作家会議が開かれ、第三世界の文学者たちによる活動が注目されるようになった。

韓国の文学界の中でも、上述した世界の動向を認識することによって、自民族中心主義を克服し、世界に通じる民族文学の論理を模索しようとする声が高まった。侵略的な帝国主義を打倒して民族文化を擁護、育成していくのは十分に妥当性を持ちうるが、それが自民族中心主義になる場合、極度の保守主義または復古主義に転落する恐れがあ

---

24) 丸山真男『丸山真男集(第５巻)』岩波書店、1995年p104,105

るというのが当時の文学者たちの考えだったのである。

1960年代に入ってからは、1964年、ペク・チョル(백철 白鉄)が「民族文学の行方」を発表することで、これからの民族文学を「自民族の伝統を回復し、その伝統的な文化的環境下で民族の真のヒューマニティーを発見し、その民族の文学言語に対する意識を高めるもの」として定義づけた。ペクの言う民族文学論は、自民族の伝統という特殊性と、ヒューマニティーという普遍性を同時に実現させようとしたものだと理解される。

1950,60年代に見られる民族文学は、文学界においてそれ程大きな注目を受けることはなかったが、韓国における民族文学の意味を世界的な観点から捉えようとした点にその意義を見出すことが出来る。このような傾向は、第三世界文学の提唱という国際的連帯を求める、時代の動きに応じる姿勢とも見られるが、上述したペクの見解などを見ると、多少観念的な印象を受けるのも事実である。

それから、第三世界の連帯という国際的情勢の変化とともに国内では、社会運動の兆しが見え始める。1960年4月19日を起点とし、ソウルで2万人以上の大学生と市民たちが集まり、当時のイ・スンマン(이승만 李承晩)政権の不正選挙に対する反対運動を起こした。最初は単なる不正選挙反対運動であったが、その影響は政治だけではなく、社会や文化運動にまで広がっていく。

「4・19革命」直後の文学的傾向を見ると、「4・19革命自体と民主主義を称える作品が数多く出される。イ政権の下で、民族問題・現実問題を避けて、象徴主義・超現実主義・実存主義などの文学思潮に傾いていた文学界一般が、民主主義運動としての4・19革命を称えはじめた[25]」といわれている。4・19革命をきっかけとした文学界におけるこのよう

25) カン・マンギル(강만길 姜万吉)『韓国近代史』創作と批評社、1984 年p 293

な変化は、当時の文学者たちに、社会的自覚性を高める一つの機会になったとも言える。即ち、政治体制によって惑わされるのではなく、現実を直視する力の必要性を感じさせられたのである。「現実参与」と呼ばれた、このような文学者たちの姿勢は、1970年代に新しく展開した「民族文学」に大きな影響を与える。特に、季刊誌の『創作と批評[26]』は、1960年代のいわゆる「告発文学」あるいは「参与文学[27]」を、「民族文学」という形で受容し、理論化することに力を注いだ。

(3) 1970年代以後

第二次世界大戦や朝鮮戦争[28]の直後、文学界において一つの大きな課題として取り上げられた民族の問題は、それ以来、短編的な論はあるものの、中心的な話題として取り上げられることはなかった。このような事実についてホン・ジョンソン(홍정선 洪廷善)は、次のように述べている。

> 民族文学の問題に対する話は、1950年代に入ってから殆ど消えてしまうことになるが、1970年代に入ってから活気を取り戻しはじめる。1956年に出たチョン・テヨン(정태용 鄭泰鎔)の「民族文学論」が、イム・ファの理論体系を受け入れたことで注目を浴びたことを除くと、この時期に書かれた幾篇かの民族文学関係の論文は、概ね考慮する価値もないものであった。そういう中で、1970年『月刊文学』(10月号)を通

26) 季刊誌の『創作と批評』は、次の「2−2」で述べる評論家のペク・ナッチョンが主宰した文芸雑誌である。

27) 「告発文学」や「参与文学」とは、現実社会の矛盾を告発するという意味を持つ。美意識や観念的なものではなく、社会体制と関わる実生活に中心を置いていた。

28) 韓国の歴史学では、「朝鮮戦争」とは言わず、戦争が勃発した1950年6月25日を念頭に置き、「6・25戦争」として記述している。(カン・マンギル『書き直した韓国の現代史』創作と批評社、1994年を参考にする)

して、民族文学特集が出されることで、もう一度、民族文学の問題が論じられるようになったのである。そして、民族文学問題は、7・4南北共同宣言が出る1972年からより活気づくことになる。[29)]

ホンによると、1950年代に入ってから殆ど消えてしまった民族文学に関する論議が、1970年になって、改めて文学界の関心を集めることになったことが分かる。そして、そのようなきっかけを作ったのが、1970年『月刊文学』10月号の「民族文学特集」であった。この特集には、民族文学とはそもそも何かという問題の提起から、民族文学における意識の問題などが書かれていた。それから、イム・ホンヨン(임헌영 任軒永)の「民族文学への道」(『芸術界』、1970年冬号)と「民族文学の名称について」(『韓国文学』、1973年11月号)、イ・チョルボム(이철범 李哲範)の「言語・民族・イデオロギー」(『新韓国文学全集第49巻』現代文学社、1970年)、チョン・インドゥ(천인두 千二斗)の「民族文学の当面課題」(『文学と知性』、1975年冬号)など、「民族文学」をめぐる数多い意見が交わされるようになった。そして、7・4南北共同宣言によって、民族文学に関する論争は広がる形になったのである。ここで言う7・4南北共同宣言とは、1972年7月4日に北朝鮮と韓国が共同で発表した声明であり、韓半島の平和と南北対話のため、ソウルと平壌で同時に発表された。統一に対する南北それぞれの意見の差を近づけることは出来なかったが、南北の高位責任者が向こう側の最高責任者と直接会って、南北問題を真摯に議論したこと自体に意義があったと言える。

上述した数多い論議の中でイ・チョルボムは、韓国文学における民族の問題は、種族——韓国民族は、ウラル・アルタイ系、ツングス族、蒙古種族である——ではない、国家形成の歴史や文化の創造を共にす

29) ホン・ジョンソン「民族文学概念に対する歴史的検討」『文学と社会』文学と知性社、1988年秋号p1059

る人々の実存と関わるものだと述べている。そして、イの述べる民族文学の特性は、次の三つに纏められる。

ⅰ. 歴史的文学
ⅱ. ハングルによる大衆の文学
ⅲ. 政治的な文学

私がこの中で特に注目したいのは、文学における歴史性を述べるイの見解である。イは、韓国文学の中でよく描写される「人情」や「恨(ハン)」という美的な表現を、民族的ではない、土俗的なものだと主張している。そもそも「人情」や「恨」というのは、韓国人の情緒を表す象徴的な言葉として知られていたが、イは、このように人間の情緒を表す文学は「民俗文学」であり、決して「民族文学」ではないことを主張した。イにとって「民族文学」とは、徹底的な歴史意識に基づき、作者の意志を表すものだけであった。「政治的な文学」という定義もこれと同じ脈略から捉えることが出来る。

また、「自由実践文人協議会」という文学者たちの会が、1974年11月18日結成され、民族文学をその基本的原理として展開していった。そして、このような動きは、以後、労働者による社会運動とも連帯する形を持つことになる。民族の持つ主体性を、外部の勢力に対する抵抗意識として用いてきた今までの民族文学とは違って、国内の社会的矛盾を解決するための新しい展開を見せるようになったのである。

次には、1970年代以後、評論家として大きな注目を受けてきたペク・ナッチョンの「民族文学論」を紹介することで、韓国の文学における民族の意味を改めて考えることにする。

2−2. ペク・ナッチョンの「民族文学論」

70年代以後、民族文学論を主導的に導いてきたのは、評論家のペク・ナッチョン(백낙청 白楽晴)である。ペクが、民族文学の概念について論じたのは、1974年、「民族文学理念の新展開」(『月刊中央』、1974年7月号)という論文の中であったが、実際その内容は、彼が1960年代から展開した「市民文学論」に基づいている。ここではまず、ペクが、「民族文学」と「小市民意識」の関係について述べた内容を引用しておく。

> 「民族文学」の概念も、それが本当の市民革命・民族革命の要求と一致しない場合、もう一つの小市民的文学に転落してしまう。ある意味で、「民族文学」を「小市民意識」と結びつけて考えるのは、納得いかないことかも知れない。国粋主義とか復古主義への転落を懸念することなら分かるけど、ここで「小市民意識」を言い出すのはおかしいのではないかと。しかし、実際、国粋主義や復古主義は、近代以前ではなく、近代以後の小市民的現実を定着させるために利用された。そして現在に存在する一部の「民族文学」にも、このような傾向が見える。(中略)即ち、間違った民族文学論は、小市民意識・植民地意識の表現になるという理論が成立するのである。[30)]

引用したペクの話を通して、彼が「民族文学」を二種類に分けて区別していることが分かる。ペクの見解によれば、間違った民族文学の根底には小市民的意識が潜んでおり、人はその小市民的意識によって、自分の日常生活だけを案じる自己満足的なタイプになっていくという。一方、正当な意味を持つ「民族文学」とは、自分自身だけの個人的な問題を越えた、共同体としての課題を考えるという。勿論、「民族文学」

---

30) ペク・ナッチョン『民族文学と世界文学Ｉ』創作と批評社、1978年p79

における共同体とは、「民族」そのものである。

しかし、なぜペクは、「民族」という共同体にこれほど注目していたのだろうか。このような疑問に対してペクは、彼自身が所属している韓国社会の特殊な状況を説明している。即ち、歴史上の韓国は、国家としての主権を失った植民地時代を過ごし、今は一つの民族が南北に分断されている現実的な問題を抱えているが、このような現状を考える時、民族という共同体としての課題を軽視し、個人の問題にだけ甘んじることは出来ないとペクは言う。

ペクは、歴史的現実を共にする構成員こそ同じ「民族」であると言いながら、韓国文学における民族文学の必然性を主張する。そして、彼は更に、「民族文学」の定義を次のように纏めている。

> このように理解される民族文学の概念は、徹底して歴史的な性格を帯びる。即ち、あくまでもその概念に内実を付与する歴史的状況が存在する限りにおいて意義のある概念であり、状況が変化する場合それは否定されるか、より次元の高い概念の中に吸収されていく運命におかれているのである。したがってこのような民族文学論は、民族というものをある永久不変の実体や至高の価値として規定したところから出発する国粋主義的文学論ないし文化論とは根本的に異なる。現実的に、政治・経済・文化の各分野の実生活において、「民族」という単位によって結ばれている人間のすべてもしくはその大多数の人員にとって、真に人間的な生のための文学が「民族文学」である。即ち、「民族文学」と把握されることがもっとも望ましい時間と場所に限って提起されるだけであり、その時間と場所の選定はどこまでも、「真に人間的な生」に対するあらゆる人間の願いを共有しうる立場において成り立つものだからである。[31)]

31) ペク・ナッチョン『民族文学と世界文学Ⅰ』創作と批評社、1978年p125

引用した内容を通して、ペクが「民族文学」を、韓国文学における永遠なる主題ではなく、時間的な限界性を持つ相対的な概念として考えていたことが分かる。むしろ、時間や空間において絶対的な価値を求めようとする時、民族文学は「国粋主義」のような極端な形になるということであろう。そして、南北分断という民族的現実を抱えている韓国だからこそ、民族文学の必然性が存在しているというのがペクの見解であった。また、「真に人間的な生」という言葉からも推測できるが、彼の民族文学論は、1960年代における「告発文学」や「参与文学」を継承することで、民主主義精神と緊密に結びついていた。

またペクの「民族文学論」は、色々な作家や評論家によって言及されてきた以前の民族文学に比べて、一段と新しい面貌を持っていた。即ち、以前の民族文学といえば、1919年の三・一万歳運動や1945年の解放、それから、1950年の朝鮮戦争という、それぞれ大きな歴史的事件を迎えた時点に定立された理論であったことに対して、ペクの民族文学論は、韓国の文学における近代精神の出発や流れを、独自的に纏めるという特徴を見せていたからである。

そして、1970年代に入ってから再び盛んになった「民族文学」をめぐる論議は、単なる論議だけではなく、作品の創作という形を通して、より幅広く展開することになる。中でも、次に述べるキム・ジハの場合は、作品の創作を通して「民族文学」の意義を生かした代表的な文学者だと言える。

2-3. キム・ジハにおける「民族文学」

前述したように、1970年、『月刊文学』(1970年10月号)には「民族文学特集」が掲載され、文学における民族の問題が大きく取り扱われたが、当時キム・ジハも、「民族の歌、民衆の歌」(1970年)の中で、「民族」や「民族文学」に対する自分の見解を述べていた。次の内容は、キムの考える「民族」の意味である。

> 民族とは、実に、その民族の絶対多数を構成する民衆、それ以外の何ものでもない。民族は、他の民族と関わりを持つ中で自己同一化を追求することになるが、その自己同一化は、強靭な主体(「民衆」を意味する：訳者・ホン)によって形成されるからである。即ち、民族的なものは民衆的であり、民衆的なものこそ民族的である。[32)]

この引用文には、民族に対する具体的な定義づけ、たとえば、血縁や使用される言語などによる限定は見られない。だが一つ明らかなことは、キムが「民族」を、「民衆」と同じ概念として用いている点であろう。「民族」を構成する大多数の人間である「民衆」、その民衆を歴史における主体的な存在として期待することは、ある意味で珍しい話ではないかも知れない。しかし、「民衆」を歴史における主体として認識する視点の広がりは、1970年代の韓国社会において、決して小さな変化だとは言えない。それは、歴史という舞台に立っていた今までの主人公を降ろして、新しい人に主人公の役を任せるという、画期的な改革だったからである。そして、引用したキム・ジハの発言の裏側には、軍事独裁政権の抑圧という現実的な事情が絡み合っていた。

1961年から始まったパク・ジョンヒ(박정희 朴正熙)政権は、民族意識の鼓吹を通して韓国の経済的・軍事的自立を主導していったが、事実上彼らは、自分たちの独裁政権を維持するために民族意識を一つの手段として利用したと言える。被支配層であった民衆は、国の経済的

---

32) 「民族の歌、民衆の歌」――『民族の歌、民衆の歌』東光出版社1985年p195から引用。

発展という名目で犠牲を強要されたのであったが、それこそ、儒教の忠の精神に基づく国家への献身であった。このような現実的な状況から見て、キムのいう「民族＝民衆」の概念とは、政権側が主導する支配者中心の民族意識の鼓吹に対抗するための新たな概念として見ることができる。

「民族の歌、民衆の歌」(1970年)の中でキムは、当時の独裁政権を、植民地時代のような危機的な状況として捉えながら、為政者たちによる抑圧に対抗できるのは、個人ではなく集団としての力だと認識していた。中でもキムは、植民地時代に創作されたと見られる「民謡」に注目しながら、そのような民衆の文学を今日において継承していく必要性があると主張する。彼は一体、民謡のどういうところに注目していたのか。その内容について検討したいと思う。

まず、キムは、植民地主義の支配に抵抗して書かれた、二種類の歌を対照の例として挙げている。その一つは、詩人の個人作としての「新詩[33]」、それから、もう一つは、民衆の共同作としての「民謡」である。キムによれば、「新詩」が、近代詩に見られる象徴や比喩という詩的機能を通して、現実の状況を迂回して表現していたという。それに対して「民謡」は、その形式の素朴さにもよるが、直接的で大胆な表現がその特徴だと理解されていた。また、キムは、民族の歴史上の不幸によって誰よりも日常生活に直接的な影響を受けていた「民衆」こそ、現実の状況に対して、より率直で具体的な感情の表現が出来たはずだと解釈している。勿論、率直で大胆な表現だけでは、近代における文学形式としては不適合であると懸念していたが、それでもキムは、民謡における共感の広さに感心していることを示す。結局、キムの考える「民族の歌、民衆の歌」には、現実社会の厳しい状況が前提されている

33) 「新体詩」あるいは、「新詩」ともいう。日本の新体詩の影響を受けた、韓国の近代詩における初期の形式。

ことが分かる。そして、そのような状況の中での文学の役割とは、冷静な現実意識とともに、民族の絶対多数を占める民衆の切実たる気持ちを代弁することではないかと、キムは訴えているのである。

しかし、キムが民衆の文学に注目した理由には、民衆の存在を単なる弱者だと思ったからではなかった。「諷刺かそれとも自殺か[34]」(『詩人』、1970年10月号)の中には、文学における表現様式としての「諷刺」に関するキムの見解が述べられているが、この「諷刺」こそ、現実社会における民衆の精神を反映するもののように考えられる。「諷刺かそれとも自殺か」の中でキム・ジハは、詩人のキム・スヨンの文学に見られる現実批判の諷刺精神に同感を示す一方、「諷刺」の展開過程について次のような個人的な見解を述べている。

「現実における物神の暴力」→「詩人の悲哀」→「芸術としての暴力」(=諷刺:訳者・ホン)

キムによると、現実社会における暴力から、詩人はある種の悲哀を感じながらその暴力に耐えていく。しかし、詩人における悲哀の感情は蓄積され、募るばかりであり、脱出する突破口はなかなか見つからない。そのような状況の中で、ついに詩人の悲哀は爆発し、「芸術としての暴力」を行使することになるが、ここで言う「芸術としての暴力」こそ、「諷刺」を意味するのである。また、キム・ジハの言う「諷刺」は、次のような内容に繋がる。

---

34) この「諷刺かそれとも自殺か」というタイトルは、キム・スヨン(김수영 金洙暎)の書いた詩「妹よ、よく頑張った!」の一部分を引用したものであった。しかし、原題は、「妹よ、諷刺じゃないと解脱だ」であり、キム・ジハは、「解脱」のところを、「自殺」に書きかえていることが分かる。——『金洙暎全集1.詩』民音社、1981年、p184,185を参考にする。

本来、悲劇的な表現は、貴族社会の産物であり、喜劇的な表現は、貴族社会から抑圧を受けた平民社会の産物である。悲劇的な表現は、程度の差はあるけれど、大体、人間と運命、あるいは、人間と神との間に見られる観念的な矛盾から発生する場合が多い。喜劇的な表現は、程度の差はあるものの、大体、人間と人間、即ち支配する者と支配される者との間に見られる現実的・具体的な矛盾から発生する場合が多い。[35]

前述したキム・スヨンが、個人における「諷刺」精神を主張したことに対して、キム・ジハは、共同体としての「民衆」における「諷刺」精神に注目していた。上の引用文を通してある程度推測できるが、キム・ジハは、民衆の諷刺精神に見られる喜劇的な表現や、現実性・具体性という要素に、強く共感していたと思われる。

キム・ジハを初めとする1970年代以後の民族文学は、1960年代の「参与文学」に見られる、現実社会に対する批判意識を継いでいる。そして、その上、歴史における主体勢力として、「民衆[36]」に目を置くという新たな特徴を加えるようになったと言える。このように、民衆の現実により大きな関心を持ち、民衆を歴史の主体勢力として考え始めたことについて、歴史学者のイ・マンヨル(이만열 李万烈)は次のように述べている。

近代的な社会は人間の自由と平等を基につくられている。近代社会

---

35) 「諷刺かそれとも自殺か」—東光出版社『民族の歌、民衆の歌』、1984年p175から引用。

36) ここでいう「民衆」とは、歴史学者であるイ・マンヨルの表現を借りると、支配者に対する反対側の被支配者のことを意味する。民衆という言葉がよく使われるようになったのは1920年代からであり、封建勢力に反対するという近代的特徴を表す。

の成立と発展による近代の歴史学が、韓国史の中で人間(民衆)と人間集団(社会)の存在を発見しようとしたのは、当然のことである。従って、近代の歴史学は、儒教的歴史観が支配者の英雄的行動を中心に歴史を見た、そのような観点を脱皮し、歴史の主人公と言うべき人間全体の生き生きとした生活——社会の構成と発展、経済生活など——を中心に、改めて韓国史を捉えるようになったのである。[37)]

引用した内容から分かるように、歴史を動かす主体として「民衆」を挙げることによって、歴史に対する認識は大きな変化を持つようになったと言える。そして、このような歴史に対する認識の変化は、文学界にも及んだ。

「民衆」を主体とするキムの「民族文学」は、80年代の「労働文学」にも少なからぬ影響を与える。実際の労働者が、自分の労働現場を背景とした作品を発表することによって、現実社会の矛盾を曝露する労働者側の実践的動きが見られるようになるのである。

3. むすび

以上、第二次世界大戦後の、日本と韓国の文学における「民族」の意味について検討してみた。「民族」という言葉を、私たちは必ずしも肯定的なイメージとして捉えるわけではないが、それは、民族が団結のエネルギーを表面に表す時、大きな破壊力を持つからである。韓国で再び「民族文学論」が注目を受けるようになった1970年、キム・ヒョン(김현)は「民族文学、その文字と言語」の中で次のような懸念を述べている。

---

37) イ・マンヨル『韓国近代歴史学の理解』文学と知性社、1981年p315

> 私自身の個人的な意見をいうと、私は民族文学という用語があまり好きではない。それは、極めて国粋的な匂いを漂わせ、極めて復古的で、極めて教条的である。これが含む権力志向的特性が、また、私は嫌いである。[38)]

キムのように、民族という用語自体にある種の違和感を覚える人は少なくないと思われる。民族の主体性を大きな課題として捉えてきた韓国の文学者にとっても、民族の力が持つマイナス的な面は常に注意すべきものであった。そして、民族という名によって国家権力の犠牲にされた経験を持つ日本人にとって、民族の問題はより語りにくい主題であると考えられる。個人の自由を抑圧する手段として使われた戦中の民族意識への不信感が、人々の心に根強く残っているからである。

今までの検討から明らかなように、大戦後、韓国の文学では民族が一つの主体性や意識として継続していることに対して、日本の文学では民族を意識的なものとして捉えようとはしない傾向が見られる。勿論、日本でも、「国民文学論」を提唱した竹内好のように、文学を通して強く民族意識を求めた人もいるが、それは稀な例に過ぎなかった。それでは、なぜこのように、両国における民族の捉え方に相違が見えてくるのか、その理由を二つに分けてみた。

まず、第一に、戦中における民族のイメージが戦後になっても、根強く存在したからだと考えられる。

近代以来の日本における民族意識とは、国家権力の許可する範囲内で行われたものであり、国家権力に対抗する革命的な力として発揮されたことがなかった。逆に、民族意識の鼓吹を求めた戦中の文学は、国家の侵略政策に利用されたという過去を持っていた。

---

38) キム・ヒョン他『民族文学論』白文社、1988年p126から引用。

これに対して韓国の場合、民族意識はある程度、肯定的役割を果たしてきた。植民地時代から表面的に浮上するようになった民族意識は、喪失した国家主権の代わりで、外部からの圧力に対する防禦として存在した。このような伝統は、戦後においても続き、独裁政権という国家権力を牽制する手段として用いられた。このように韓国では、民族意識が存在すべき正当性を持ちながら展開されてきたと言える。

第二に、大戦後の社会における、民族意識強化の必然性の有無が考えられる。

「第一章」の「2−1」で述べたように、日本の場合、アメリカを中心とする連合軍の占領下にあった時、むしろ占領を恩恵と感じるほど、社会的安定を味わったといわれる。勿論、サンフランシスコ条約や朝鮮戦争という国際社会の変動に影響され、1950年代の前半には民族意識に関する議論が暫くの間続いたが、このような一時的動きは、情勢の変化とともにすぐさまその姿を消してしまったのである。

しかし、韓国の場合は、植民地時代が終わり、解放の喜びを感じる余裕がなかった。アメリカとソ連による南北の信託統治や、それに続く民族の分断は、韓国人に民族の問題を考えさせる大きなきっかけとなった。自分たちの意志とは無関係で行われた民族の分断によって、韓国には新たな民族的主体性が要求されたのである。

上述した、日韓両国の異なる社会的な状況は、大江健三郎とキム・ジハにおいても同様な影響を及ぼす。大江が、戦中における「民族意識」のマイナス的なイメージを想起することによって、民族に基づく主体的な力を肯定することがなかったことに対して、キムは、国家体制の強権に対抗してきた「民族意識」の伝統を信頼していた。その上、二人は、「異民族との共存」と「分裂した民族の統一」という、異なる課題を抱えていた。即ち、大江が、同じ日本人でありながらも正当な主権を使えない返還前の沖縄の人々の立場を考えることで、異民族である「沖縄民族」の歴史や文化に関心を見せたことに対して、キムには、大江のような共存すべき異民族の存在はなかった。二人は、現実社会の周縁的な存在として「民族」の問題を考えるという共通点を持ちながらも、大江は沖縄民族の歴史や文化を尊重することで、キムは常に社会の底辺に存在してきた「民衆」を韓国歴史の主体として肯定することで、それぞれ違う捉え方をしていたのである。

そして、このような「民族」の問題をめぐる大江とキムの認識の違いを通して、大戦後の日韓両国における、「民族意識」と「民主主義」との相関関係を垣間見ることが出来る。即ち、日本の場合、戦中の「民族意識」における破壊力を指摘し、その再生を防ぐことが「民主主義」であるならば、韓国の場合、民衆に基づく「民族意識」の伝統を生かして、国家体制に対抗することが「民主主義」であった。大江もキムも、人間の自由や権利を侵害するあらゆる強権に対抗するという共通点を持ちながらも、「民族」の問題においては異なる立場を取らなければならなかった理由をここから見ることが出来る。

以上、大戦後、日韓両国の文学における民族について考察した。民族をめぐる文学者たちの意見を通して、両国の文学における民族の捉え方やその違いを検討することが出来たと思う。また、両国の戦後文学史における大江健三郎とキム・ジハの位置や、「民族」の問題に対する捉え方の相違も確認した。

最後、本論文の中では取り扱うことがなかったが、韓国の場合、在日韓国人の文学者によって書かれる民族の問題も、大きな研究テーマの一つである。このような研究に関しては、イ・ハンチャン(이한창)の「在日僑胞文学」(『外国文学研究』1994年冬・第41号)や、ユ・スックザ(유숙자　兪淑子)の「1945年以後、在日韓国人の小説に表れた民族的停滞

性の研究」(高麗大学校博士論文、1997年)などの論文があり、新たな研究分野として注目を受けている現状である。

第二章
大江健三郎における「戦後民主主義」と「民衆」

1. 先行研究の検討と、研究範囲の限定

1－1. 先行研究の検討

ここでは、今までの主な先行研究を検討することで、大江文学研究における本研究の位置とその意味を明確にしたいと思う。

まず、大江健三郎の文学を論じた最初の評論集といわれるものには、松原新一の『大江健三郎の世界』(講談社、1967年)がある。松原は、この大江健三郎論において、日常化・慣習化された現実生活の中で決して安住しようとしない、大江の内的な持続性にその重点を置いて分析を行っている。大江文学における実存主義からの強い影響を強調する中村泰行(『大江健三郎――文学の軌跡』)とは対照的に、松原は、大江という一人の人間における内面性に注目していた。次の引用文には、そのような松原の見方が示されている。

> 大江の小説は、『奇妙な仕事』にせよ『死者の奢り』にせよ、実存主義思想という既成の観念によりかかった状況と人間の関係のたんなる図式以上のものである。やはり、そこには、作者その人の身につ

いた思考の確かさ(血肉性)があり、それを小説の表現にまでよく高めえた作者その人の柔軟な抒情的な資質があったのだ、といわなくてはなるまい。(傍点原文)[1)]

単に思想を装っただけではない、自分の身を持って苦悩しつづける作家大江に、松原は感動を受け、大江文学の10年間の道程を追求した。ネガティヴで受動的な自己を自覚しながらも、現実の状況に順応しようとしない大江の持続的な意志が、この大江評論には一貫して書かれている。

それから、松原新一の後を継いで、野口武彦の『吠え声・叫び声・沈黙——大江健三郎の世界』(新潮社、1971年)や、片岡啓治の『大江健三郎——精神の地獄をゆく者』(立風書房、1973年)、渡辺広士の『大江健三郎』(審美社、1973年)などの大江健三郎論が見られる。このような、大江が文壇にデビューしてから10年ないし15年間のあいだ書かれた大江健三郎論は、「監禁状態」に象徴される大江文学にその重点が置かれている。閉塞されているように感じられる時代的・社会的な状況の中で、戦後世代の作家大江がそのような状況をどのように乗り越えていくかというところに、人々の視線は集まったということであろう。

時期的に少し離れ、1979年刊行された川西政明の『大江健三郎論——未成の夢』(講談社)には、障害を持つ子供の誕生と、その子供との共生を通して与えられた大江文学の新たなテーマに期待感が寄せられている。その中でも、日本の村落共同体に対する大江の違和感を指摘する部分は、本研究とも共通する内容である。しかし、川西が、村落共同体の代わりに家族という血縁的共同体を大江文学における主なテーマとして捉えていることに対して、本研究ではあくまでも「個人」におけ

1) 松原新一『大江健三郎の世界』講談社、1967年p25,26

る主体性を求めつづける大江の姿に重点を置いている。

次の年である1980年に刊行された蓮実重彦の『大江健三郎』(青土社)は、大江の作品の中に書かれている「数字」に着目した独特な評論であった。特別な意味を持たず、只、無意識的に書かれていると思われる部分に着目して、大江文学を貫くある原理を模索しようとする姿勢が、斬新に感じられる。

また、1989年、黒古一夫の『大江健三郎論——森の思想と生き方の原理』(彩流社)には、「監禁状態」、「障害児との共生」、「天皇制」、「核」など、大江文学における大きな思想的テーマを中心とした、作家論が展開されている。

そして、90年代に入ってからは、今までの大江文学を総合する形で、多くの研究書が刊行された。中には、ノーベル文学賞受賞を基点として、以前発表した研究書に新たな見解を書き加えて刊行するケースもあり[2]、大江文学の研究が活気づいた時期であった。しかし、他方では、大江という作家個人の言動に対する批判的な批評も少なくはなかった[3]。

90年代に刊行された研究書としては、榎本正樹の『大江健三郎の八〇年代』(彩流社、1995年)や中村泰行の『大江健三郎——文学の軌跡』(新日本出版社、1995年)、一条孝夫の『大江健三郎——その文学世界と背景』(和泉書院、1997年)などがある。榎本正樹は『大江健三郎の八〇年代』の中で、大江における80年代を、短編作家としての再出発や70年代のテ

2) 渡辺広士の『大江健三郎』(審美社、1973)が1994年に増補新版として刊行されたし、榎本正樹の『大江健三郎——八〇年代のテーマとモチーフ』(審美社、1989年)が改訂されて『大江健三郎の八〇年代』(彩流社、1995年)として刊行された。また、一条孝夫の『大江健三郎の世界』(和泉書院、1985年)は補足されて、1997年『大江健三郎——その文学世界と背景』(和泉書院)として刊行された。

3) 谷沢永一の『こんな日本に誰がした——戦後民主主義者の代表者大江健三郎への告発状』(クレスト社、1995)や、本多勝一『大江健三郎の人生——貧困なる精神X集』などを、例として挙げることが出来る。

ーマを洗いなおす時期として注目している。『「雨の木」を聴く女たち』(1982年)から『懐かしい年への手紙』(1987年)までの五編の作品を中心に、大江文学における80年代の意味を新たに考える批評であった。

そして、中でも私が何より注目しているのは、中村泰行の大江健三郎論である。『大江健三郎――文学の軌跡』で中村は、戦後民主主義者としての精神を継承している大江の立場に同感を示す傍ら、「実存主義」や「構造主義」という思想的な影響によって、大江の戦後民主主義精神が歪まざるを得なかったことを厳しく指摘している。即ち、中村は大江の文学を、サルトルを中心とする「実存主義」からの影響を受けた前期＜『死者の奢り』(1958年)から『ピンチランナー調書』(1976年)まで＞と、「構造主義」の影響を受けた後期＜『同時代ゲーム』(1979年)から『燃えあがる緑の木』(1995年)まで＞の二つの時期に分けて、思想的な影響を立証している。中村によれば、「実存主義」や「構造主義」という思想的な影響によって、大江は、現実社会を生きる個人の自由や責任を重要視する一方、共同体としての民衆の役割については軽視する一面を見せているという。そして、民衆に対する大江の捉え方には、共生していく人間社会への無理解が潜在していると指摘する。

中村の場合、「民主主義(民衆という共同体を中心とする)」の理念に基づいて大江文学の全てを評価し、個人の自由や責任を重んじる実存主義的モラルに対しては強い反感を示している。しかし、松原新一も述べたように、大江文学は「実存主義という既成観念によりかかった状況と人間の関係のたんなる図式以上のもの」であり、ある主義や理念に同意するか同意しないかによってその作品の評価が決まるというのは、文学作品に対する評価を単純化してしまう危険性を持つ。

私は、共同体としての民衆の役割について大江が大きな意味を置かなかったという中村の意見には同意するものの、そもそも大江が、民衆という共同体をどのように捉え、なぜ彼は民衆に対して期待感を示すことが出来なかったかという、より本質的な面について考察する必要性を感じる。「第二章」の「3」では、この問題を中心に、日本の「民衆」に対する大江の理解を検討することとする。

1－2. 研究範囲の限定

前述したように90年代以来の大江研究は、30年間に亘る彼の文学を総合的に捉えようとする傾向が見られる。まず、ここでは、大江文学の全体的な流れを把握するために、次のような検討を一部紹介しておきたい。

まず、黒古一夫は『大江健三郎とこの時代の文学』の中で、大江文学を次のような三つの主題に分けている[4]。

i. デモクラット(平等主義者)大江健三郎
ii. 核状況下の障害児
iii. 魂の救済――「根拠地」(ユートピア)の可能性

黒古によると、文壇に登場した頃から見受けられた社会的なものに対する関心と、天皇制権力構造という「タテ社会」からの独立の精神は、その後、民主主義理念と強く結びついたという。そして、この「タテ社会」から「平等社会」への問題追求は、谷間の村を中心とする共同体形成の要因となったというのである。それから、障害を持つ息子の誕生以来大江は、ごく私的な「障害児との共生」という宿命的問題と、「核」という世界最大の問題を一つにした小説を書くようになるが、「障害児=

---

4)『大江健三郎とこの時代の文学』勉誠社、1997年 p3～18

弱者」を大切にしない社会の現実、「核状況」をいっこうに改めようとしない世界の情勢に対する根源的な批判によって、「根拠地(ユートピア)」思想に基づく「魂の問題」の可能性を追い求めるようになったというのが黒古の結論である。

また、大江文学を文体と構造などから捉えた一修孝夫は、大江の文学世界を次のように分けている[5)]。

第1期：『奇妙な仕事』(1957年)から『個人的な体験』(1964年)まで
第2期：『万延元年のフットボール』(1967年)から『同時代ゲーム』(1979年)まで
第3期：「雨の木」シリーズ第1作『頭のいい「雨の木」』(1980年)から『燃えあがる緑の木』(1995年)まで

一修の解釈によると、「第1期」は、方法的に十分意識化されていない分、豊潤なイメージ、カオスの魅力があったという。だが、障害のある子供の誕生をきっかけに、これまでとは違った言葉、違ったイメージ、さらに違った思想によって成り立つ小説を書くようになった。そして、「第2期」には、抵抗感のある文体によって書かれた多層構造的な長編群が見られる。この時期は、大江が意識的に文学の方法を考えながら小説を書いた頃であり、方法と実践の統合を図った努力が見られるという。最後の「第3期」には、長編の制作に併行して、『現代伝奇集』(1980年)、『「雨の木」を聴く女たち』(1982年)、『新しい人よ眼ざめよ』(1983年)、『いかに木を殺すか』(1984年)、『河馬に噛まれる』(1985年)などの連作短編小説集を書き始めた。中でも、80年代以後からは、私生活に立脚した出来事を題材としているため、作品が「私小説」に接近

5)『大江健三郎――その文学世界と背景』和泉書院、1997年 p42

し、時には虚構の境界を侵犯しているように見えると、一条は述べている。

では、本人である大江健三郎は、彼自身の文学をどう見ていたのか。1990年、インタビューの中で大江は、自分の文学世界を次の四つの時期に分けている[6]。

第一期：『芽むしり仔撃ち』(1958年)まで
第二期：『万延元年のフットボール』(1967年)まで
第三期：『同時代ゲーム』(1980年)まで
第四期：『「雨の木」を聴く女たち』(1982年)以後

大江は、「一回死んでもう一回生き返る」ことを10年間というサイクルで繰り返してきたのではないかと、個人的な感想を述べていた[7]。私が本論文における研究の時期的範囲として考えているのは、大江の言う「第一期」から「第二期」までに当たるが、この時期大江は、当時日本の政治的・社会的な面に大きな関心を示していた。また、大江自ら自分のことを「戦後民主主義」の継承者として位置付けるとともに、広島や沖縄の問題を考える一人の日本人として、様々な文学的宿題を抱えていた。日本という現実社会が直面した状況を捉えながら、その構成員である日本人に注目していた時期だと言える。障害を持った息子との共生や、人間の魂について語り始めた「第三、四期」における私的で内面的な傾向とは違って、積極的に現実社会の問題を取り組む大江の姿が見受けられる。

しかし、個人に基づく自由や責任、また、最終的には、個人における魂の救済を大きなテーマとしていた大江にとって、共同体として生

6) 中村泰行『大江健三郎——文学の軌跡』新日本出版社、1995年p7
7) 大江健三郎「未来を愛する人の物語」『文学界』1990年10月号p154

きていく人間の生き様はどのように理解されていたのだろうか。本論文では、大江文学の主題とも言える｢個人における主体性｣、そして、それとは相対的な立場にある｢共同体における主体性｣の問題について考察することで、大江文学の特徴をより明らかにするのが目的である。その意味で、まず｢2｣では、大江の言う｢個人｣における主体性の特徴について、それから、次の｢3｣では、日本の村落共同体に対する大江の理解について検討することとする。

2. 大江健三郎における個人の主体性

2-1. ｢戦後民主主義｣の継承者

大江は東京大学在学中、｢東京大学新聞｣に｢奇妙な仕事｣(1957年)を発表して、作家としての活動を始めた。そして、その後、『飼育』(1958年)で芥川賞を受賞し、新人作家としてその名が知られるようになった。

たとえば、1968年出版された角川書店の『日本文学の歴史12―｢現代の旗手達｣[8]』では、石原慎太郎・五木寛之・大江健三郎などの年代(石原と五木は昭和7年、大江は昭和10年生まれである)の新人作家による大きな転回が期待されていた。中でも、大江健三郎に関する内容を見ると、｢転換する今日の政治状況や世相をいちはやく敏感にかぎ取り、それを思惟化し、同時にこれをフィクション化し、それから生まれた観念を現実化して、新鮮な風俗小説を手がける作家｣だと評価されている。

また、『戦後の文学[9]』では、1955年から1960年までの新人文学者とし

---

8) 「新文学の方向」 p464～468

て石原慎太郎・大江健三郎・開高健・深沢七郎を挙げながら、特に石原と大江の対照的な文学観に注目している。「戦争の終焉と持続」という鳥居邦朗の論文では、「ある開放的で無倫理なスポーツ青年と、ブルジョア娘との直情的な行動と性愛の物語」である『太陽の季節』によって、石原が戦中戦後の闇欝と絶縁したことに対して、大江はむしろ大筋において戦後文学を持続させる存在となったと評されているのである。このような評価は、大江が、「奇妙な仕事」(1957年)の同系列である『死者の奢り』(1958年)で、戦後世代の置かれた状況を「監禁されている状態、閉ざされている壁のなかに生きる状態」と表現したことと、『飼育』(1958年)、『芽むしり仔撃ち』(1958年)、『われらの時代』(1959年)などのそのあとに続く作品の数々が太平洋戦争を素材にして書かれたことによるものだと考えられる。そして、大江と石原のこのような文学的傾向は、1960年の安保闘争を基点として、ますます対立していった。

60年安保闘争は、社会的な状況の変貌に誰よりも敏感だった作家大江に、戦後民主主義を考えなおす機会を提供した出来事であった。即ち、この時期を前後して大江は、日本の「戦後民主主義」や「象徴天皇」を素材とする小説を書きはじめたのである。

まず、ここでは、日本の戦後民主主義に対して大江がどのような理解を示していたのかを、「セヴンティーン」第一、二部(『文学界』、1961年1,2月号)の作品分析を通して考えたい。「セヴンティーン」第一、二部を分析の対象にするのは、最初のエッセイ集である『厳楽な綱渡り』(1965年)の中で大江自身も述べているように、この作品が、大江の考える戦後民主主義精神と直接的な関わりを持つ作品だからである。このような事実に関しては、次に述べる作者大江の創作動機にも明らかにさ

---

9) 古林尚編『戦後の文学』有斐閣、1978年を参考にする。
鳥居邦朗「戦後の終焉と持続――石原と大江」p106~110、亀井秀雄「大江健三郎」p110~115

れている。

それでは、まず、「セヴンティーン」第一、二部の創作動機や作品分析を通して、大江の考える「戦後民主主義」の意味について考察することとする。

2−2.「セヴンティーン」第一、二部における戦後民主主義

(1)「セヴンティーン」第一、二部の創作動機と背景

「セヴンティーン」第一、二部は、1960年10月12日に起きた当時の社会党委員長である浅沼稲次郎の暗殺事件を素材にした小説である。社会全般における様々な出来事に敏感だった作家大江にとって、この事件が彼の小説で取り上げられたことは不思議ではない。前述したように、太平洋戦争を背景に書かれた『飼育』(1958年)、『芽むしり仔撃ち』(1958年)、また、1950年代後半の学生運動を扱った『見るまえに跳べ』(1958年)、『われらの時代』(1959年)と、在日朝鮮人青年の女子高校生殺人事件を素材にした『叫び声』(1963年)など、戦後の社会的な状況に対する大江の認識は作品の至るところで見受けられる。

だが、「セヴンティーン」第一、二部における何よりの意味は、大江が日頃考えていた「戦後民主主義」と密接な関わりを持つ小説だということにある。浅沼刺殺事件を報道した当時の新聞記事[10)]によると、浅沼社会党委員長を刺殺した犯人は、当時17才――「セヴンティーン」という題名はここに起因する――の山口二矢という少年であった。報道の内容は、テロ事件が相次いで発生する政治的風潮への懸念と、日本の民主主義体制に対する問いかけが中心を成していた。つまり、テロや暗殺という暴力は明らかに民主主義理念に背く行為であり、まだ日

10) 1960年10月12,13日付の朝日新聞及び毎日新聞を参考にする。

本には民主主義精神の本質が根を下ろしていないという言及だったのである。この事件をめぐる海外の反応として、戦前の軍国主義が復活するのではないかという恐れと批判の声が聞こえた。このような内外の反応の中で、大江は、浅沼事件をどう受けとめていたのか。彼の個人的な感想を、「戦後世代と憲法」(1964年)の中から引用する。

> 数年前、やはり戦後世代のひとりの少年が左翼の政治家を刺殺し、かれ自身も、自殺した。それはぼくに激甚なショックをあたえた。ぼくはこのようなタイプの戦後世代についてひとつの小説を書いた。それがどういう性質のショックであったかといえば、ぼくにとって、日々の生活の基本的なモラルのひとつである《主権在民》の感覚、主権を自分の内部に見出そうとする態度が、いまや、戦後世代すべての一般的な生活感覚とはいえなくなっていることを発見して受けたショックだった。[11)]

ここでいう《ぼくにとって日々の生活の基本的なモラル》とは、大江にとって初めてのエッセイ集である『厳楽な綱渡り』の中で彼自身が述べているように、「戦争放棄」、「主権在民」という二つのことを意味している。彼は新憲法の根幹になるこの二つの言葉を、戦後民主主義精神の基盤を成す最も重要なものとして捉えていたのである。大江のいう戦後民主主義が事件をめぐる当時の世論と違うところは、彼が戦後民主主義における問題の重点を、「個人」という主体の内面に置いたことであった。テロという暴力的な行為は無くすべきのものであり、議会政治の発達が至急要求されるという政治体制に関する意見ではなく、戦後民主主義を個人のモラルという内面的な問題として捉えたと

11) 「戦後世代と憲法」(1964年)――『出発点』(大江健三郎同時代論集1)岩波書店、1981年p61,62から引用。

ころに、大江の考える戦後民主主義の特徴がある。

しかし、戦後新憲法に対する否定的な雰囲気の中で、大江のいう戦後民主主義は歓迎されることなく、「セヴンティーン」という作品によって、却って、右翼の強い反発まで受けることになる。そして、「セヴンティーン」第一、二部を載せた『文学界』は、ついに「謹告文」を出す始末になるが、その謹告文の内容は次のようなものであった。

> 小誌一、二月号所載大江健三郎氏「セヴンティーン」は山口二矢氏の事件にヒントを得て、現代の十代後半の人間の政治理念の左右の流れを虚構の形をとり創作化し、氏の抱く文学理念を展開したものである。が、しかし、右作品中、虚構であるとはいえ、その根拠になった山口氏や防共挺身隊、全アジア反共青年連盟並びに関係団体にご迷惑を与えたことは率直に認め深くお詫びする次第である。12)

刺殺事件の犯人とその関係団体に迷惑を与えたという理由で、「セヴンティーン」第二部である「政治少年死す」は、発表された雑誌以外はどこにも作品が再収録されることがなかった。大江も最初、「セヴンティーン」の処分をめぐる文学界の冷たい反応に対して反感を示すが、深沢七郎の「風流夢譚」と絡む刺殺事件など、作品とは無関係の人々が受ける被害については悩まざるを得なかったと思われる。

しかし、「セヴンティーン」第一、二部の中で、なぜ、第二部だけが出版を禁じられたのか、また、犯人と関係団体に与えた「迷惑」とは具体的にどういうものであったのかなどの疑問が残る。そして、このような疑問に対して作者大江は、「直接日本の右翼との相関においてよりも、もっと本質的にそれが天皇制の喚起するすべてのことにかかわっ

---

12)『文学界』1961年3月号p53

ているからである[13]」と答えている。即ち、出版社側が謹告文を出すまでになったその背景には、右翼に対する大江の単なる政治的批判というよりは、天皇をめぐる大江の描き方にこそ、根本的な問題があったということを暗示している。右翼の反発を受けるようになったと見られる、天皇に対する大江の描き方については、作品分析のところで、より具体的に検討したいと思う。

とにかく「セヴンティーン」第一、二部(中でも、第二部の「政治少年死す」)は、日本と日本人における天皇の存在感や、戦後日本社会における右翼の勢力という観点から、海外でも関心をもたれている作品である。1997年の末、イタリアでは、「政治少年死す」が無断翻訳される騒ぎがあった。ここでは、少し長いが、出来事の真相を知るために、関連記事の内容を引用しておく。

> ノーベル文学賞作家大江健三郎さんが一九六〇年代に文芸誌で発表して以来、右翼団体の抗議などから未刊行となっている小説が、昨年末、イタリアで翻訳された。「日本の禁書が世界で初めて翻訳出版された」と紹介されるなど、イタリア国内で話題を呼んでいるが、事実上無断出版されていたことが分かった。出版社側も非を認めており、現在対応を検討している。回収という事態になれば、大江さんの「幻の作品」は、再び幻となる。(中略)
>
> マルシリオ社(本社ベネチア)から出版されたイタリア語版では、この二編(「セヴンティーン」第一部と、その第二部である「政治少年死す」を指す:引用者・ホン)に加えノーベル賞授賞式での講演「あいまいな日本の私」のイタリア語訳が収録されている。本のタイトルは「天皇の息子」と変えられ、表紙は昭和天皇の写真が使われている。また

13) 「作家は絶対に反政治的たりうるか」(1966年)——『書く行為』(大江健三郎同時代論集7)岩波書店、1981年p79から引用。

「九四年ノーベル賞受賞日本で出版を禁じられた問題小説世界初の出版」と記された帯が付けられるなど、全体的にセンセーショナルな扱いになっている。

大江さんの作品の翻訳権を管理しているオリオン著作権部によると、昨年、マルシリオ社から両作品の翻訳希望が寄せられた際、「政治少年死す」は収録しないという条件で出版を許諾した。マルシリオ社によると、同社もこれで了解したが、「日本文学担当の編集者が、『セヴンティーン』の翻訳が認められたということを『政治少年死す』を含めた許諾だと勘違いした」という。

マルシリオ社側は今月二十三日付で、無許可で出版した事実を認め、その経緯を記した手紙をオリオン側に提出している。今後の対応について、同社は二十二日、朝日新聞の取材に対し、「現在、回収の可能性も含めて、社内で検討中なのでコメントできない」としている。

大手書店では今でも平積みになって売られている。14)

戦後の日本社会における天皇制の現状は、海外でも関心を持たれている問題であると思われる。そのような人々の関心と絡まって、大江の「セヴンティーン」は注目をうけることになり、上述したような話題になったのである。しかし、これからも出版が禁じられる以上、「セヴンティーン第二部」に関わる天皇制や右翼への疑問を晴らす機会はないのかも知れない。

また、韓国で出版された『大江健三郎——新戦後派の文学ゲーム』では、大江健三郎の「政治少年死す」と深沢七郎の「風流夢譚」(『中央公論』1960年12月号)を、1960年代の筆禍事件として紹介している。そして、この二つの作品が出版を禁じられた背景に、右翼の勢力が存在してい

---

14) 「幻の大江健三郎作品、イタリアで"無断"出版 回収検討、再び幻に?」朝日新聞1998年1月29日付

ることへの懸念を示しているのである[15]。

以上、未だに幾つかの問題点を抱えたまま「セヴンティーン」は論じられているわけであるが、次の作品分析に入って、「セヴンティーン」における作者大江の思いを検討することとする。

(2)「セヴンティーン」第一、二部の作品分析[16]

「セヴンティーン」は第一、二部で構成され、第二部には「政治少年死す」という別の題名がつけられているが、まず、「セヴンティーン」第一部(『文学界』1961年1月号)は、17才の誕生日を迎えた少年の独白から始まる。

> 今日はおれの誕生日だった、おれは十七歳になった、セヴンティーンだ。家族のものは父も母も兄も皆な、おれの誕生日に気がつかないか、気がつかないふりをしていた。それでおれも黙っていた。(「セヴンティーン」p8)

自分の内的心境を語る一人称の文体から、私たちは、少年が置かれている状況をある程度推測することが出来る。少年は、一番親密な関係を伴うべきはずの家族からも疎外されたまま、孤独な日々を送っていた。この「セヴンティーン」という作品の中には、「独りぼっち」という言葉が十数回出てくるが、この「独りぼっち」としての孤独と恐怖こそ、少年を右翼の方に走らせる主な要因として働いたと思われる。

そして、その孤独な少年が、一人ぼっちの寂しさを忘れるために使

---

15) コ・ヨンザ『大江健三郎——新戦後派の文学ゲーム』建国大学校出版部、1998年p101,103

16)「セヴンティーン」第一、二部における引用については、『文学界』の1961年1,2月号に掲載された「セヴンティーン」と「政治少年死す」(「セヴンティーン」第二部)による。

う唯一の方法とは、「自涜」という性的な行為であった。1960年代に書かれた大江の小説には、たとえば、痴漢や不倫、自涜などの歪んだ形の性的行為の描写が見られる。しかし、その中でも特に「自涜」は、他人との関わりを完全に拒否する、孤立した、全く一人だけの世界を意味するのではないかと考えられる。というのも、主人公の少年は「自涜」を通してだけ、普段は感じられない幸福感や、友情、共生感を味わうことが出来、ここには、人と共に暮らしていくという普通の生活感覚をなくした、別の世界の少年の姿が見受けられるからである。

家族から疎外された日々を送る少年は、学校でもどのグループにも所属を許されないアウトサイダーとして存在するわけであるが、そのような彼にとって現実世界とは、善意を見つけ出すことができない「あかの他人ども」の世界であった。

少年はある日、同じクラスの友人に誘われ右翼の党大会に参加することになるが、その時、会場のファナティックな雰囲気に圧倒されてしまう。そして、彼は、今まで自分を責めつづけてきた自分自身の内部の批判者から逃れるような得体の知れない解放感を満喫するのであった。

> そして大都会の砂漠の一粒の砂のように卑小な力つきた自分を、いままでに一度も感じたことのないやすらぎにみちた優しさで許していた。そして逆におれはこの現実世界に対してだけ、他人どもに対してだけ、敵意と憎悪を配給していたのだ。いつも自分を咎めだて弱点をつき刺し自己嫌悪で泥まみれになり自分のように憎むべき者はいないと考える自分のなかの批評家が突然おれの心にいなくなっていたのだ。(「セヴンティーン」p29、傍点原文)

「やれない男」、「インポテの セヴンティーン」と規定してきた自意識からの解放感を経験した少年は、党大会の参加をきっかけに、右翼団体の入党を決心する。自分に対して自信を持てなかった少年は、右翼の制服の中に自分の弱みを隠し、勇敢な人間として振舞うことができるようになる。また、彼は、天皇関連の幾つかの書籍を読んでいるうち、「忠とは私心があってはならない」という一つの原則を見つけだすことになるのであった。

> おれは情熱をもえあがらせて考えた、そうだ、忠とは私心があってはならないのだ！おれが不安に怯え死を恐れ、この現実世界が把握できなくて無力感にとらえられていたのは、おれに私心があったからなのだ。(中略)天皇陛下がおれに、私心のもやもやを棄てろ！と命じられ、おれはもやもやを棄てたのだ。個人的な私は死に、私心は死んだ。おれは私心なき天皇陛下の子となった。おれは私心を殺戮した瞬間に、おれ個人を地下牢に閉じこめた瞬間に、新しく不安なき天皇の子のおれが生れ、解放されるのを感じたのだ。おれにはもう、どちらかを選ばねばならぬ者の不安はない、天皇陛下が選ぶからだ。石や樹は不安がなく、不安におちいることができない、おれは私心をすてることによって天皇陛下の石や樹になったのだ、おれに不安はなく、おれは不安におちいることができない。(「セヴンティーン」p36、傍点原文)

「セヴンティーン」を通して作者大江が指摘しようとしたことは、この場面に集中して表れているのではないかと思われる。少年は、自分の「私心」を棄て天皇への「忠」に従うことを決心するが、それは、個人としての主体性を放棄し、自分より大きな外部の力に頼って生きることを意味するのであろう。

だが、このような彼の行為は、弱くて不安な自分自身から逃れたい気持ちに基づいたものであり、正確に言えば、決心ではなく、逃亡であったとしか言えない。何か「簡単に確実に、情熱をこめる」対象を探していた彼にとって、天皇という存在は、都合のいい逃げ口だったのであろう。

結局少年は、天皇のための使命という理由で、進歩派の党首を刺殺し、最後には彼自身も自殺するという悲劇を招く。そして、鑑別所で自殺する最後の瞬間まで、彼は、自分の幻想による天皇との連帯を求めるのであった。

「政治少年死す」(『文学界』、1961年2月号)の中で大江は、少年と天皇との連帯を常に性的な行為として表現しているが、その性的な描写によって彼は右翼からの強い反発を受けるようになったと推測される。そして、問題視されたと思われる性的な描写とは次のようなものであった。

> おれは本部の御真影のまえに座って一日中、至福の感情にひたっていることがあった、そのような日の夜、おれは十回も自涜したあとのように疲れきって喘ぎながらなかなか眠りにおちこめなかった。(「政治少年死す」p14)
>
> 至福の強姦者のすばらしく熱く、じんじんする全精神と全肉体のオルガスムに、たちまちおそわれてしまい、駆けながら呻いて歯ぎしりする《ああ、天皇よ、ああ、ああ！》(「政治少年死す」p17)

少年は、幻想の天皇を想像しながら、「自涜」する時のようなオルガスムを感じる。天皇をめぐるこのような性的描写が一つの原因となって、「セヴンティーン」第二部である「政治少年死す」は改めて活字化されることが出来なくなったと推測される。

だが、右翼や左翼という政治的な問題とは別に、「セヴンティーン」を通して大江が述べようとした「戦後民主主義精神」を端的に表現すれば、個人における主体性の確立だったであろう。そして、そこには、全ての人に「個体」としての権威が存在するという前提が見られる。

だが、「セヴンティーン」の少年は自分の内部における主体性からではなく、外部から権威(ここでは天皇という象徴的存在)を借りることによって、一人の個人として生きることの不安から逃れようとした。しかし、作品の中には南原征四郎というもう一人の人物が登場するが、この南原という若手作家を通して大江は、主人公の少年とは対照的な生き方を示している。

南原征四郎は、あるテレビ番組の座談会で、原爆を記念するための集会が行われた広島での右翼団体の行為を、遇連隊なみの暴力ざただと評した。その南原の意見に対して怒りを感じた少年は、彼に発言を取り下げるよう抗議する。しかし、南原は、身の危険を感じながらも、最後まで自分の意見を貫き通したのであった。このような南原の姿に少年は、驚きとともに、自分の行為に対するある種の懐疑を隠せなくなる。

> ≪あいつは臆病者だが三十分間も汗を流し涙をにじませて恐怖のトンネルの暗闇を匍匐前進しつづけ、すこしずつ忍耐のあげくの立ちなおりをかちえた。ああいうやりかたで生きている青年もいるのだ、現実の恐怖から眼をそらさず、現実の汚辱から跳びたって逃れず、豚みたいに現実の醜くく臭い泥に密着した腹をひきずり匍匐前進する。ところがおれは現実の恐怖から全速力で逃げさり、天皇崇拝の薔薇色の輝きの谷間へ跳びおりたのだ!もしかしたら、あいつのほうが正しいのではないか?》(「政治少年死す」p23、傍点原文)

現実の恐怖から眼をそらさず、正面に立ち向かって「一人」で前進する人。これこそ、作者大江が、南原という人物を通して示そうとした理想的な人間像ではないかと思われる。主人公の少年は、「独りぼっち」としての不安や恐怖に耐え切れず、幻想としての天皇に自分の身を任せ、不運な人生を遂げる。だが、南原は、同じく「独りぼっち」としての辛さを味わうものの、何か自分の代わりのものに頼ろうとはしなかった。南原には、外部の力に自分の身を任す行為が、自分自身に対する裏切り、即ち、自己欺瞞に過ぎないことを分かっていたからであろう。そして、この南原のような生き方は、「セヴンティーン」に続く大江の多くの作品の中にも引き継がれている。たとえば、『個人的な体験』のバードや、『万延元年のフットボール』の根所蜜三郎もそのような人物である。バードや根所蜜三郎も最初は、自分らが置かれている現実的な状況からひたすら逃げようとするが、最終的には、現実を認め、それに一人で立ち向かっていく自立した姿を見せているのである。

「セヴンティーン」第一、二部を通して何よりも注目したい点は、「セヴンティーン」第二部の南原をはじめ、大江が理想像として描く人々が、いつも「独りぼっち」であり、また、その「独りぼっち」としての苦痛の時間を耐えなければならなかったことである。なぜ大江は、そこまで「個」としての人間にこだわりを見せていたのだろうか。

次の「2−3」では、自伝的な内容のエッセイを通して、あくまでも「個人の主体性」に注目する大江の立場について考察する。

2−3. 強権に対する個人としての意志

『大江健三郎論——森の思想と生き方の原理』の中で黒古一夫は、大江の「セヴンティーン」に関して、次のような見解を示している。

> 絶対主義天皇制がその外形を解体させ、政治的側面を隠蔽した象徴天皇制に移行した時、戦後民主主義の恩恵をその全身で受けとめてい

た人々は、宿痾のようにおのれの内部にしみついた<天皇制>拝跪思想も同時に消滅した、と考えていたのではないだろうか。そのような安易な戦後意識に爆弾を投げこんだのが右翼少年山口二矢による一九六〇年一〇月十二日の浅沼委員長刺殺事件にほかならなかった。「尊皇」を第一義に掲げる右翼団体大日本愛国党に所属していた山口二矢によるテロは、象徴天皇制の空白を思い知らせるのに十分な事件であった。(傍点原文)[17]

黒古は、戦後を、「象徴天皇制の空白」の時代だと表現しながら、そのような空白を思い知らせたのが浅沼社会党委員長の刺殺事件だったと述べている。勿論、大江も、上述した刺殺事件に触発され、戦後民主主義を問い直した一人の作家であったが、大戦後における天皇制(正確には、天皇を建前とする国家権力)をめぐる大江の思いは、事件以前から続いていた。たとえば、大江が自分の20代を総括するために書いた初めてのエッセイ集である『厳楽な綱渡り』(1965年)には、戦中の軍国主義に対する批判的な姿勢と、戦後世代における象徴天皇の幻影が語られている。そして、そこから私たちは、戦後になってからも、あらゆる強権に対して常に抵抗する大江の姿を見ることが出来る。

戦後の日本社会は、「国の為に」という唯一の意義しか存在しなかった戦前とは、確かにその状況が変わっていた。しかし、人々を戦争に走らせた国家の強権が、戦後になって全く無くなったとは言えず、国家をはじめとする外部からの強制的な力は未だに残存しているというのが、大江の見解であった。大江は、皇太子妃が決まったことを祝って旗行列をしている小学生の写真を見ながら、次のような感想を述べている。

---

17) 「天皇制――デモクラット大江健三郎の決意」『大江健三郎論』彩流社、1989年p175

> あの子供たちを、旗をもって行進させたものはなにだろうか。親たちの影響、教師の教育、根づよく日本人の意識の深みにのこっている天皇崇拝、または、たんなるおまつりさわぎの感情か。日本人の一人ひとりが、自由に天皇のイメージをつくることができるあいだは、《象徴》という言葉は健全な使われかたをしていることになるだろう。
> しかし、ジャーナリズムの力が、あの子供たちに天皇の特定のイメージをおしつけたあげくに、あの行進が歓呼の声とともにおこなわれる結果をまねいたのだとしたら。
> あの小学生たちは、にこにこしていたが、ぼくらは子供のころ、おびえた顔をして、御真影のまえをうなだれて通りすぎたのだ。[18]

大江自身が子供の時持っていた天皇のイメージと、戦後における天皇のイメージは、時代の変化とともに、大きな変貌を見せている。敢えて写真を見ることも出来なかった戦前と比べて、戦後は、人々が親しみさえ感じるような身近な存在へと、天皇のイメージは確実に変わったのである。

しかし、戦前や戦後という時間の流れとは関係なく、変わっていない一つの事実が上の引用文には述べられている。即ち、天皇のイメージが、「日本人一人ひとりの自由な意思によってつくられたものではなく、外部からの力によって押しつけられたものだ」ということであろう。戦前のような死に至る危険性がなくなったとは言え、ジャーナリズムを媒介とする強権の抑圧は、未だに、個人の自由な思考による判断を阻害していると大江は捉えていた。それから、大江は、今の日本人に向けて次のように語る。

---

18) 「戦後世代のイメージ」(1959年)——『出発点』(大江健三郎同時代論集1)岩波書店、1980年p11から引用。

> われわれは、自分が日本という国家に愛想づかしする権利をもっていることを知っているが、しかもなおごく少数のインターナショナルな例外者をのぞいて、日本にとどまっている。すなわち、われわれは自分の自由な意志において、日本人であることを選びつづけているのだ。そこには、戦前のナショナリズムとも逆のインターナショナリズムともちがう、新しいナショナリズムが根をはり、幹をのばしうるはずではないか？
> ぼくはそのようなナショナリズムをこそ、自分の国家への態度としたいと思う。19)

この引用から見ると、大江は、日本という国から離れることを望んではいないように感じられる。只、国民に対して強権を行使し、自由な考えと意志を妨害する国家権力を否定するだけであった。却って彼は、日本という国家の積極的な構成員になることを希望していたと思われる。勿論、自分の自由な意志に基づく持続的な選択によってではあるが。そして、大江の個人に基づく持続的な意志は、戦後間もなく作られた憲法においても同じく見られる。

> すなわち、ぼく自身のモラルと憲法の相関という視点からみれば、憲法はぼくにとってそれが押しつけられたか、とか、あたえられたものか、というふうに疑ってみることに意味はなくて、ただ、ぼくがこの憲法を、自分のモラルに関わる自分の憲法として選びとったかどうかに、意味があるのだ。そしてまた、ぼくが日々、それを自分の憲法として選びとりつづけているかどうかに、意味があるのである。20)

---

19) 「日本に愛想づかしする権利」(1965年)——『出発点』(大江健三郎同時代論集1)岩波書店、1980年p317から引用。
20) 「戦後世代と憲法」(1964年)——『出発点』(大江健三郎同時代論集1)岩波書店、1980年p165から引用。

個人の自由な意志に基づいて何かを選びつづけること。それは、大江にとって、天皇のイメージを描くこと、日本という国家の構成員になること、戦後の憲法を基本的なモラルとして捉えること、その全ての領域に適用される内容であった。

前述したように、「セヴンティーン」第一、二部をはじめ、エッセイの内容を通して、何よりも考えなければならないのは、なぜ大江が、「独りぼっち」としての人間、即ち「個人」における自由や主体性にそれ程こだわらなければならなかったのかという、本質的な問題である。「独りぼっち」としての人間が持つ孤独や恐怖を誰よりもよく知悉しながらも、それでも「個」として現実世界を生きることを選ぶその背景には、「実存主義」という思想的な影響以上の、大江という人間の実体験が前提されている。即ち、天皇を建前とする国家権力の威圧によって個人における自由な意志が否定されざるを得なかったという戦中の体験、それが大江を「個」として生きるように決心させた何よりの要因であろう。そういう意味で、大江における「戦後民主主義」とは、あくまでも「個人」の自由な意志による選択が、その中心を成していた。

前述したように『大江健三郎——文学の軌跡』の中で中村泰行は、大江の「戦後民主主義精神」に対して実存主義の思想による強い影響に基づくものだと指摘している。中村は、「人間は自由であるべく呪われている」というサルトルの話を引用しながら、実存主義とはこうした「ペシミスティックな人間観にもとづいた哲学」であると述べる。そして、そのような実存主義からの影響によって、大江文学における戦後民主主義はその本質を喪ってしまったと、遺憾の意を示している[21)]。中村は、「戦後民主主義」をあくまでも人間を信頼する政治概念として認識することで、大江の描く、自由ではありながらも一方、不安と恐怖を

21）中村泰行『大江健三郎——文学の軌跡』新日本出版社、1995年p16

感じてしまう人間像には不満を隠せなかったと見られる。しかし、戦後民主主義の本質が「人間を信頼する政治概念」だという中村の表現からは、多少抽象的な感じを受ける。そして、私見によれば、大江が「戦後民主主義」を政治概念として捉えなかったその背景には、戦後民主主義が一つの政治的な理念として働く時、大戦中の国家主義のように、「個人」の自由な思考に何らかの圧力をかけるのではないかという、懸念があったからではないかと思われる。

それから、次の「3」で述べるつもりであるが、大江が「個」としての主体性にこだわるもう一つの理由として挙げられるのは、日本の村落を中心とする「共同体意識」に対する大江の違和感である。黒古一夫は『大江健三郎とこの時代の文学』の中で、「幻想の共同性として強固に延命しつづける＜天皇制＞」[22]という表現を使いながら、「天皇制」における共同性の問題点を指摘している。天皇制をめぐる大江の理解が、日本社会における共同性の問題までを含む観点からだったとは言い切れない。しかし、大江自身が生まれ育った四国の谷間の村をモデルとする作品の中に、日本の村落共同体に対する作者大江の違和感が見られるのは事実である。そして、その村落共同体に対する大江の違和感が、彼を、「個人」における主体性へ走らせた、もう一つの理由ではないかと思われる。そして、日本社会における村落共同体に対する大江の違和感は、「日本民族」あるいは「日本民衆」に対する彼の認識を理解するための、重要なキーとなる。

次の「3」では、数篇の作品分析を通して、日本の「村落共同体」に対する大江の捉え方を検討することとする。

---

22) 黒古一夫「反天皇制小説の運命」『大江健三郎とこの時代の文学』勉誠社、1997年p264

3. 日本の民衆に対する大江健三郎の理解

3−1. 初期の作品に見られる村落共同体

(1)「谷間の村」と村人たち

大江の小説の中に、場所的な背景として「谷間の村」が表れるのは、1958年1月、『文学界』に載せられた「飼育」からである。また、同じ年の1958年6月に長編『芽むしり仔撃ち』が、9月には「不意の唖」が発表されるが、この二つの小説もやはり「谷間の村」を背景とした作品であった。

上述した三つの小説は、第二次世界大戦中の「谷間の村」を背景とする、1958年度の作品という共通点を持っているわけであるが、もう一つその共通点を挙げるとしたら、いずれの作品にしても主人公が少年だということである。即ち、三つの小説には、子供から大人への過渡期にいる少年の目に映る、大人の現実世界が描かれているのである。

上述した三つの作品の分析を通して私が注目したいのは、谷間の村を拠点として存在する共同体に対する、大江の捉え方である。『同時代ゲーム』(1979年)以後、より明らかになった大江の「村＝国家＝小宇宙」という認識に基づいて考えると、村は縮小された国であり、村人という共同体は国民(「日本民族」または、「日本民衆」と同一の概念としての)を象徴するものだと考えられる。そして、大江は、谷間の村に住む村人を通して、様々な時代的な状況に遭遇してきた日本人の姿を垣間見ようとしたのではないかとも思われる。「飼育」をはじめ『芽むしり仔撃ち』、「不意の唖」には第二次世界大戦、『万延元年のフットボール』には万延元年から明治の初期までという、日本の近代歴史において重大な一つの基点となる時代的背景が置かれているのは、見逃せない事実であろう。

とりあえず、まず、作品分析に入って三つの小説における構造と方法的な特徴を見ると、語り手の視点にその相違が見られる。即ち、「飼育」と『芽むしり仔撃ち』が「僕」という一人称で語られていることに対して、「不意の唖」は作者という三人称で語られていることである。しかし、1958年に書かれた作品群を検討してみると、後半の作品が三人称の語り手によって語られるという傾向が見える。「不意の唖」、「戦いの今日」がそれに当たるが、この二つの作品の創作以後は、また一人称の語り手によって小説が書かれている。そして、「不意の唖」には、20ページにも及ばない短い内容で緻密な構成を持っていない点、また、内容においても理解し難い急な展開を見せるなどの問題点があり[23)]、単独の作品としてはそれ程評価されず、作者大江が三人称の語り手を使った意図も明確ではない。

私見によれば、三つの作品における何よりの違いは、主人公の少年が「谷間の村」という共同体の内側に存在するか、外側に存在するかということである。「飼育」や「不意の唖」の主人公である少年は、それぞれ、狩猟を業とする村人や、村の部落長の息子として登場する。少年は、谷間の村の内側に存在する人として、村人たちの共同体によって守られている。「飼育」の中で見られるように、村人たちは、自分たちの住む谷間の村とは別の世界である「町」に対してある種の敵対意識を持っていたが、その異質の世界に対する敵対意識は、村の構成員である少年の心にも根強く潜んでいた。

---

23) 「不意の唖」における理解し難い展開は、次のようなストーリーから見ることが出来る。ある谷間の村で、進駐軍とともに休憩を取っていた通訳の靴が無くなるという騒動が起きる。村人の中に盗人がいると主張する通訳と、それに対抗する部落長。しかし、その後、無くなった靴を探すことを拒否した部落長が、外国兵によって銃殺されるというとんでもない事件へと話は展開する。そして、村人たちの共謀によって、その日の夜、通訳は谷川で殺されるという内容である。

> 《町》へ入ると僕は父の高い腰に肩を押しつけ、街路の子供たちの挑発には眼もくれないで歩いた。父がいなかったら、それらの子供たちは僕をはやしたて石を投げつけただろう。僕は《町》の子供たちを決してなじめない形をした地虫のある種に対してのように嫌っていたし軽蔑してもいた。《町》にあふれる正午の光のなかの、痩せて陰険な眼をした子供たち。暗い店の奥から僕らを見守る大人たちの眼さえなかったら、僕にはそれら子供たちの誰をも殴り倒せる自信があった。24)

「村」の共同体の一員である少年にとって「町」は、融合できない異質性を持っている場所である。「町」の持つ異質性に対して少年は、ますます敵対意識を抱くようになるが、そのような彼の眼には、町の子供たちをはじめ、町の街路や樹さえも醜く見えてくるのであった。

「飼育」の中では、「町」による「谷間の村」への差別を間接的に見ることができる。そして、町からの差別を受けると同時に、村の共同体は自分たちの結束を強化し、「町」に対する敵対意識を作っていくのであった。勿論、このような村の共同体の結束は、自分らの共同体以外のあらゆるものに対する排斥や、他所との深まる断絶を意味するものでもある。

次に作品分析を行う『芽むしり仔撃ち』には、ある「谷間の村」で共同生活をする百姓たちと、余所者である感化院の少年たちとの対立が見られる。これらの村人による新たな差別や排斥の描写を通して、日本の村落共同体に対する作者大江の違和感を検討することが出来ると思う。

(2) 『芽むしり仔撃ち』における「百姓」のイメージ

前述したように、大江の小説の中の「谷間の村」は、大江自身が幼い

---

24) 『大江健三郎小説1』新潮社、1996年p73から引用。

時を過ごした生まれ故郷をモデルとする虚構の場所であり、彼の文学世界においても大きな意味を持っている。特に、後で述べることになる『万延元年のフットボール』での「谷間の村」は、主人公である根所蜜三郎や彼の弟鷹四たちが、彼らの失われたアイデンティティーを求めるために訪ねる場所として設定されている。

しかし、作者大江においてもアイデンティティーの根源地であり、彼の文学を成す主な素材として用いられる谷間の村は、必ずしも肯定的なイメージだけをもたらしてはいない。そして、その原因は、谷間の村に住む村人たちに対する大江の理解に関わると思われる。

『大江健三郎論——未成の夢』の中で川西政明は、大江が生まれ育った谷間の村の人々と大江との関係を次のように解釈している。

> 大江は敗戦をはさむ十五年間を谷間の村の共同体の一員として過ごした。しかし彼は、谷間の村の共同体の理念の糞を腹に食いつめる以前に、十五歳にして、この谷間の村から逃散した。もし食ったとすれば、それは早熟な自意識が過渡期の上澄みをすすったにすぎず、その全身にまでまわる糞を食らったのではない。これが上級学校へ行くという目的で、村の共同体から都市へ流亡する者のたどらねばならない一つの宿命である。
>
> そして大江の場合、彼の自我が、村の共同体の理念が生みだす糞を十分に咀嚼する状態にあったかいなかという問題がある。[25)]

川西は、大江が谷間の村に住みながらも、村の共同体の中に溶け込めなかった理由として、大江が幼い時死んだ父親の不在——父親の存在とは、一家の代表として村落共同体とのコミュニケーションを取る媒介的なものであるが、大江は、このような役割を果たすべき父親を

25) 川西政明『大江健三郎論——未成の夢』講談社、1979年p101,102

早くも失っていたと、川西は言う——と、大江に外国文学を読ませることで村とは全く違う異郷の環境を作ってくれた家族のことを挙げている。即ち、少年大江は、自分だけの想像の世界に閉じこもったまま、共同体の生活には直接触れることなく生活することが出来たということである。そして、このような成長過程によって大江は、村の共同体と益々融合出来なくなったというのが川西の指摘であった。このような川西の指摘は、村落共同体に対する大江の違和感を捉える時の、一つの端緒になると思われる。

だが、一体大江は、村の共同体のどのような面に対して違和感を覚え、また、その違和感を作品の中でどう描いていたのだろうか。ここでは、『芽むしり仔撃ち』を通して、谷間の村の外の人間から見た村落共同体の姿を検討することにする。

『芽むしり仔撃ち』は、第二世界大戦中、感化院の少年たちが、ある谷間の村へ疎開される内容から話が始まる。少年たちが疎開地の村に連れてこられる途中、仲間の少年二人が脱走を図るが、たちまち二人は村の人々に捕まえられ、仲間の少年たちのところへ連れ戻されるのであった。脱走を図った二人の中で、「南」と呼ばれる少年によって、その逮捕の瞬間の状況は次のように語られる。

> 「ところが百姓どもに見つかって袋叩きにされたのよ。俺は芋ひとつ盗まねえんだ。あいつら、俺たちを鼬のようにあつかいやがる」
>
> 僕らは、南たちの勇気と、百姓たちの兇暴さについて嘆賞と怒りの吐息をいっせいについた。[26)]

ここでいう「百姓」とは、谷間の村を中心として生活する共同体の成

26)『大江健三郎小説1』新潮社、1996年p140から引用。

員を指すが、このように小説の前半から、少年たちと村人たちとの感情の対立は見受けられる。そういう両者の対立が見られる中で、村には疫病がはやり、二人の死者を出す始末になる。そして、その疫病の事件によって、村人と少年たちとの対立はより激しくなるのであった。

疫病による非常事態を感知した村の人々は、少年たちだけを村に残したまま、隣村へ夜逃げをする。村には、疫病がはやる時、病人だけを残して村ぐるみで隣村へ避難する定まりがあったが、感化院の少年たちはその救いの対象にはならなかった。村に残された少年たちは、自分たちを疫病の中に置き去りにし、逃げ出した村人に対して、強い反感を示すほか何一つ打つ手がなかった。次の引用文には、そのような村人と少年たちとの明らかな断絶が描かれている。

> トロッコの軌道がふさがれているということは一つの《象徴》だったのだ。それは僕らの閉じこめられた谷間の村を幾重にもかさなってとりまく村々の農民たちの結集した敵意、彼らの頑強で厚い、決して通りぬけることのできない壁を示していた。僕らにはそれに立ちむかい、そこへ頭をもぐりこませて行くことが明らかに絶望的に不可能だったのだ。27)

「頑強で厚い、決して通りぬけることのできない壁」。村人と少年たちとの間には、このような分厚い壁が置かれていたのである。主人公の少年の眼には、余所者としての彼らがどうしても入れない村人だけの環が見えたに違いない。

疫病が去り、村人がもとの村に戻ってくる。そして、彼らは、少年たちを置き去りにして隣村に逃げ出した事実を隠蔽するために、少年

---

27)『大江健三郎小説1』新潮社、1996年p175から引用。

たちに武力までをも行使する。それでも、最後まで村人の言うことを聞かず抵抗する「僕」に、村長は次のような言葉を口にする。

> 村長は僕の胸ぐらをつかみ、僕を殆ど窒息させ、自分自身も怒りに息をはずませていた。
> 「いいか、お前のような奴は、子供の時分に締めころしたほうがいいんだ。出来ぞこないは小さいときにひねりつぶす。俺たちは百姓だ、悪い芽は始めにむしりとってしまう」28)

百姓である村人たちと主人公の少年との反目は、ここでクライマックスに達する。「芽むしり仔撃ち」という小説の題名を連想させる村長のこの台詞は、村の共同体である百姓たちの兇暴さを端的に表す表現として使われている。一つの環を作って結束する村人。徹底的に外からの余所者を排除し、受け入れようとはしない彼らの頑強さ。村の共同体に見られるこのような一面は、主人公の少年に、やりきれない失望と違和感を持たせたのだろう。そして、このような百姓に対する少年の反感は、日本の村落共同体に対する一種の違和感として、作者の大江自身にも通じているのではないかと思われる。

『芽むしり仔撃ち』に見られる、共同体としての村の特徴について、小森陽一は次のように述べている。

> 「村」の論理から言えば、教官も「感化院」の少年たちも、同じように外部から入って来る余所者でしかないのだ。そうであればこそ、彼らの集団的疎開は、いくつもの「村」から「受入れ」を断わられ、海の漂流者のように陸上を旅しつづければならなかったのである。共同体の論理と国家の論理は、相互に受入れあっているわけではないのである。

---

28)『大江健三郎小説1』新潮社、1996年p239から引用。

> とりあえず、集団疎開を受入れた「山の奥の僻村」で、教官が後続の「第二隊を護送」するために居なくなった期間に、疫病の発生した「村」の村人たちによって、子供たちだけが置き去りにされてしまうのも、国家権力の末端である監督者としての教官がいなくなれば、「村長」をはじめ村の人間は、ただちに「村」という共同体を中心とした論理に戻ることの象徴なのだ。そこに個人はいない。[29)]

小森の話によると、村の人々は自分たちの共同体を守って維持するという村の論理の為、国家の論理——「国家権力のもとにある感化院」の教官の指導に従い、少年たちを保護しなければならないこと——に従わなかったということであった。勿論、「村」という共同体を中心とする論理の中に、「個人」が存在しないという小森の指摘は正しいと思う。しかし、だからと言って必ずしも、国家の論理に「個人」が存在するわけではない。「個人」という問題を挙げて、「共同体の論理」と「国家の論理」を区別しているように見える小森の意見は、飛躍であるように感じざるを得ない。

だが、共同体の暴力によって排斥されるのが、弱者の側の人々であったという小森の指摘については、共感を覚える。

> 小説内の暴力と病は、すべて差別化された弱者に襲いかかっている。そして死によって彼らが排除されることで、「村」という共同体が、そのあからさまな暴力性をあらわにするのである。[30)]

実際、谷間の村を通して見た共同体の姿には、弱者を徹底的に排除

29) 小森陽一「『芽むしり仔撃ち』—差別と排除の言説システム」『国文学』1997年2月号p34
30) 小森陽一「『芽むしり仔撃ち』—差別と排除の言説システム」『国文学』1997年2月号p34

する強者中心の論理が潜んでいた。『芽むしり仔撃ち』の中にも、疫病の時村に残されたのは、感化院の少年たち、朝鮮人部落の人々、疫病で母親を亡くした少女といった、弱者の側に立つ人間たちだけであった。

次に作品分析する『万延元年のフットボール』では、日本の近代史を背景に、日本の民衆に対する大江の理解をより鮮明な形で見ることが出来ると思われる。

3-2.『万延元年のフットボール』における日本の民衆

(1) 大江健三郎文学における『万延元年のフットボール』の意味

大江文学において『万延元年のフットボール』はどのような意味を持っているのか。加藤典洋は、大江の小説を次のような二つの時期に分けながら、『万延元年のフットボール』の持つその意味について次のように述べている。

> 大江の前期の小説群は、見知らない世界のなかに一人の個人がよるべないままに置かれているという感触を非常に色濃くもっていると思う。「奇妙な仕事」から、『芽むしり仔撃ち』、また『個人的な体験』まで、ぼく達はそこに描かれた世界が、ぼく達の見知った日本の現実を指示しているにもかかわらず、何か新鮮な、まるで異邦人の眼のフィルターを通して見られた西欧的ともいうべき世界になっていることに驚いたのである。『個人的な体験』の主人公が「鳥(バード)」であり、その小説の冒頭シーンが「丸善」であり、また『日常生活の冒険』に出てくる車がけっして「ダットサン」ではなくシトロエンであり、アームストロングであるのは、そのような彼の小説世界の造型にとって、本質的な意味をもつことだった。そこでは世界は、現実のモデルより一目盛どちらかといえば拡大され、既視感を剥奪され、ある種のエキゾチス

ムさえ湛えて主人公のひりつくようなよるべなさを際立たせ、その個人としての輪郭を鮮明にする効果をもった。先のレヴィ＝ストロースに印照するなら、それは世界の拡大模型を利用した人間の相対的な縮減模型化の企てであり、そこで大江の狙いの主眼はいわば人間像の提示に置かれていたのである。

それらの前期の小説群と対比しての、彼の後期の長編小説における世界造型は、逆に世界の縮減模型化による世界像(世界モデル)の提示によって特徴づけられる。森に囲まれた四国の谷間の村を主要な舞台としたいわゆる彼の「神話的世界」は、レヴィ＝ストロースのいう世界の「縮減模型」にほかならないのである。(下線筆者・ホン)[31]

加藤の言うように、『個人的な体験』以前の小説の場合、異郷化されている社会の中で孤立している個人の姿にその重点が置かれていた。それが、『万延元年のフットボール』を一つの境目にして、大江は、個人を囲んでいる「世界」に注目することになり、その作風にも新たな変化をもたらすようになったのである。『万延元年のフットボール』以来、大江が彼の小説の中で描き出した「世界」とは、谷間の村を一つのモデルとする日本社会を指すが、このような事実と関連して加藤は、また次のような発言を加えている。

『日常生活の冒険』、『個人的な体験』から『万延元年のフットボール』にいたる数年間は、大江にとっても、また日本の社会にとっても、大きな転換期を意味していたことがここで重要である。一九六四年八月に『個人的な体験』を発表してから一九六七年一月に『万延元年のフットボール』の連載をはじめる迄の二年四ヶ月間、大江は一編の小説も

31) 加藤典洋「万延元年からの声」(『万延元年のフットボール』解説)講談社、1988年p470,471

> 発表していない。この期間、日本では明治百年に向けての国家主導のキャンペーンが行なわれ、紀元節が復活し、中国では文化大革命がはじまり、アメリカが北爆を開始してベトナム戦争は激化の度合を強めた。大江の広島への関与は一九六五年『ヒロシマ・ノート』として世に示される。[32)]

大江は、1960年代の国内外における激変する社会的な状況を注視していたのだろう。そして、引用した加藤の解釈からも推測出来るように、彼自身を含む日本の戦後世代の人々が直面している現実に対して、ある危機感を覚えていたと考えられる。中でも、明治百年に向けての一連の国家主導の動きは、「戦後民主主義」を一つのモラルとしていた彼にとって、大きな疑念を惹き起こすものであっただろう。このような自分の不安を表してでもいるように、『万延元年のフットボール』の中で大江は、登場人物である根所蜜三郎の曾祖父の弟を通して、国家権力による近代化への批判とともに真の民権について次のように語らせている。

> 明治二十二年春、突然に回復した手紙は、すでに分別にみちた壮年の文章によって書かれている。それは谷間に住む曾祖父が、憲法発布の報を受けてそれを喜ぶ手紙を都市の弟に書き送ったのに対する、冷静な批判をこめた返事である。発布される憲法がどのような内容のものであるかをまだ知らないうちに、ただ憲法という名のみに酔うのはどういうものだろうか？と曾祖父に問いかえす文章はむしろ沈欝だ。かれはある高知県士族の、即ち森の向うから来た工作者の仲間だったかもしれぬ一人物の書物から、次のような文章を引用している。

32) 加藤典洋「万延元年からの声」(『万延元年のフットボール』解説)講談社、1988年p462,463

≪且つ世の所謂民権なる者は、自ら二種有り。英仏の民権は恢復的の民権なり。下より進みて之を取りし者なり。世又一種恩賜的の民権と称す可き者あり。上より恵みて之を与ふる者なり。恢復的の民権は下より進取するが故に、其分量の多寡は、我れの随意に定むる所なり。恩賜的の民権は上より恵与するが故に、其分量の多寡は、我の得て定むる所に非ざるなり。若し恩賜的の民権を得て、直に変じて恢復的の民権と為さんと欲するが如きは、豈事理の序ならん哉。≫

そして曾祖父の弟は、発布されようとする憲法の内容が分量の少ない恩賜的民権をあたえるものにすぎないだろうことを予想し、それを憂えて、進取的民権を獲得するための集団があらわれて活動することを切望している。この手紙は曾祖父の弟が、ひとつの「志」を持った人間として維新後の政治体制を見つめる男だったことを示しているが、かれの「志」は民権の側の人々に加担する「志」である。[33]

高知県士族という工作者の仲間とは、明治前期に政治家・評論家として活躍した「中江兆民」を連想させるが[34]、大江は、百年前の虚構の先人を通して、民権の本来の意味を改めて想起させている。そして、究極的には、上から与えられた恩賜的な民権を断わり、恢復的な民権の志を持ちつづける人間像を示すことによって、大江自身の考える民主主義の意義について述べていたと思われる。

上述したように、『万延元年のフットボール』の中に描かれている世界は、架空化された場所ではあるが、実在する日本社会を反映するものであった。大江は、およそ百年間に亘る一家の家族史を作品の中に取り入れることで、百年間の日本近代史に対する彼自身の捉え方を表.

---

33) 『大江健三郎小説3』新潮社、1996年p182から引用。

34) 既に大江は、『持続する志』(「恩賜的と恢復的」1965年)の中で、中江兆民に関する逸話を紹介することで、明治維新に対する中江兆民の態度を示したことがある。

していたと言える。また、『万延元年のフットボール』の中には、谷間の村を背景に、日本が近代化される頃の民衆と、百年後の現時点における民衆の姿が描かれており、大戦中、ある谷間の村で住む百姓たちを描いた『芽むしり仔撃ち』に続いて、「日本民衆」に対する大江の捉え方を見ることが出来ると思われる。まずは、作品分析に入って、登場する人々と、彼らの直面している現実の状況について検討することとする。

(2)『万延元年のフットボール』における人々の現状

主人公である根所蜜三郎は、友人の劇的な死――友達は、頭に朱色を塗り、肛門には胡瓜を刺し込んだままの奇妙な姿で縊死していた――を知らされるとともに、脳に障害を持つ子供の誕生という個人的な悩みを抱えることになる。そのような状況の中で、弟である鷹四がアメリカから急に帰国し、蜜三郎にその姿を現すことで、話は展開される。

鷹四は、S次兄の遺骨を寺から取り戻すことや、昔住んでいた倉屋敷を処分するため、故郷の谷間の村へ同行することを兄の蜜三郎に提案する。それで、蜜三郎や彼の妻菜採子、また、鷹四や鷹四を従う二人の若者――鷹四の親衛隊員とも思われる星男と桃子――、この五人による谷間での新しい生活が始まる。

『万延元年のフットボール』には、1960年安保を時代的な背景とし、その時代を生きていく若者たちの内面的な悩みや葛藤が窺われる。そして、次のような蜜三郎の台詞の中からは、自分に対する自信を失い、絶望している人間の姿を見ることが出来る。

いま現にここに屈みこんでいる僕が、かつてそこに剥きだしの膝をついて蹲みこんでいた子供の僕と同一ではなく、そのふたつの僕のあいだに持続的な一貫性はなくて、現にここに屈みこんでいる僕は真の僕自身とは異質の他人だ、という感覚に発展した。現在の僕は、真の僕自身へのidentityを喪っている。僕の内側にも回復の手がかりはない。[35)]

自分自身のアイデンティティーを喪失したまま、どこに向かって進めていけばいいのかその方向を掴めない蜜三郎。このような蜜三郎の告白を通して、大江は、日本の戦後社会を生きていく、無力な若者たちの姿を描いているように見える。

作品の前半には、頭に朱色を塗り、肛門には胡瓜を刺し込んだままの奇妙な姿で縊死した蜜三郎の友人の話が出るが、その友人はかつて、「スマイル・トレーニング・センター」という療養所で一時期を過ごしていた。しかし、友人は、その療養所から出される精神安定剤を服用することによって、患者たちが腹を立てることが出来なくなったことに気づく。患者たちは、看護人に腹を強打されても、無抵抗のまま生きていくしかなかったのである。この看護人の強打に対して全く抵抗出来なくなった患者たちの姿は、一体何を象徴しているのか。国家権力による一連の動きが「戦後民主主義」に対する「強打」であれば、精神安定剤を飲まされた無抵抗の患者たちは、何も感じず、何にも抵抗することが出来なくなった無力な戦後世代を象徴しているのではないだろうか。

それから、小説の中には、「ジン」という女性——根所家の屋敷の管理人である——が登場するが、彼女は突然に太りだし、既に100キロを超える異変な体を持っているにも拘らず、大量の食物を食べつづける。このようなジンの姿について寺の住職は、「ジンのように不可解で絶望的な疾患にとりつかれた人間は、もしかしたら谷間のすべての人間の災厄を一身にひきうける贖罪羊かもしれないじゃないか」と解釈してい

35)『大江健三郎小説3』新潮社、1996年p59から引用。

た。ジンという女性は、頭打ちの状態に置かれている谷間の人々の無力で絶望的な生活を代弁する、象徴的な存在として描かれていると考えられる。

とにかく、自分のアイデンティティーに対する喪失感に浸かり、絶望している蜜三郎とは対照的に、弟の鷹四は、谷間の村での生活を通して新たな回生を求めようとする。「根所」という彼たち兄弟の苗字が暗示しているように、鷹四は故郷の谷間の村で彼自身における新しい根をおろそうと動き始めるのであった。このような鷹四の行動の背景には、百年前に村で起きた「百姓一揆」を、現在の時点においてもう一度再現しようとする作者の意図が隠れているように見える。そして、次のような鷹四の台詞を通して、歴史を遡る新たなドラマの始まりが予測される。

> uprootedという言葉をアメリカでたびたび聴いたんだが、おれは自分の根を確かめてみようとして谷間に戻って来て、結局おれの根が、もうすっかり引きぬかれていて、自分は根無し草なんだと感じはじめたよ、おれこそuprootedだ。おれはいまやここで新しい根をつくらねばならなくて、そのためには、当然それにふさわしい行為がいると感じるんだ。36)

鷹四は、積極的な行動を通して新しい根をつくる決意を示すが、このような鷹四の決意は、その生活が一方的に疲弊していく谷間の村の人々と結びついて一つの環を作っていくことになる。しかし、何事に対しても興味を示さず無関心な蜜三郎は、谷間の村の共同体に関わる鷹四の行動に対しても非協力的である。蜜三郎のそのような無関心な

---

36)『大江健三郎小説3』新潮社、1996p60から引用。

態度は、「期待」という言葉によって次のように述べられている。

> 「蜜は、いまや他人および自分に何も期待しない！」と鷹四は不愛想な僕を嘲弄した。
>
> 僕は鷹四が僕の内なる「期待」の感覚の欠落を的確にかぎつけているのを感じた。すでに僕から「期待」の感覚が失われていることを語る兆候は、僕の肉体を見る誰の眼にもあきらかであるのかもしれない。[37)]

このように期待感をなくしていた蜜三郎と同様に、谷間の人々も自分たちの疲弊した生活に対して自暴自棄の日々を送っていた。そして、彼らの絶望的な状況の裏には、大きなスーパー・マーケットチェーンの持ち主が関わっていることが後で明らかになる。スーパー・マーケットチェーンの持ち主は、谷間で「スーパー・マーケットの天皇」と呼ばれる人物であるが、彼のスーパー・マーケットが谷間に進出したことによって、村にあった全ての商店は倒産する危機に迫られていたのである。スーパー・マーケットの天皇の強権に対して何一つ手を打つことが出来なかった谷間の人々にとって、アイデンティティーの回生を求める鷹四の出現は、村にも新しい局面をつくるきっかけとなる。

私たちは、『万延元年のフットボール』を通して、蜜三郎と鷹四という対照的な態度を取っている二人の登場人物を見ることが出来る。谷間の村の「民衆」の置かれている現状に関心を示し、「スーパー・マーケットの天皇」に対して暴動を起こす「鷹四」、そして、自分の殻の中に閉じこもったまま谷間で起きるあらゆる出来事を傍観する「蜜三郎」。この二人のタイプは、現実に対して無関心を貫く側と、そのような現状に対して何らかの形で行動を示す側、それぞれの態度を表している

37）『大江健三郎小説3』新潮社、1996p80から引用。

のだろう。また、作中の蜜三郎は登場人物の中で、唯一「社会に受け入れられている人間」として呼ばれていた。それは、今までの生活の中で一度も冒険を経験したことのない、何かに対抗して戦ったことのない、将来に対して一切の期待も持っていない蜜三郎の現状を指す、皮肉的な表現でもあった。

暴力団を巻き込むスーパー・マーケットの天皇側の報復を心配する蜜三郎に対して、ジンの息子は次のように反問する。

> 「暴力団に勝てると思うのか？連中は暴力の専門家じゃないか」
> 「鷹が戦い方を教えますが！鷹は右翼と戦ったから、本当の戦い方を知っておりますが！蜜三郎さんは戦ったかの？」とジンの息子は口の中にあるものをもどかしげに飲みこんでから端倪すべからざる鋭さで逆襲した。(傍点原文)[38]

また、蜜三郎は、谷間の若者たちを集めフットボール・チームとして訓練させていた鷹四からも次のように言われる。

> 「やあ、蜜。やって来ないのじゃないかと思ったよ、蜜は安保の時も、デモンストレーションの見物にだって来なかったからなあ」と白布に喉まですっぽり包まれて頭を刈らせている鷹四が陽気にいってよこした。(傍点原文)[39]

ジンの息子と鷹四の話に蜜三郎が一撃を受けるようになったのは、今までの人生において一度も闘いを経験したことがないという、彼自らの負い目からだと思われる。そして、彼は、そのような自分自身に

38)『大江健三郎小説3』新潮社、1996p170から引用。
39)『大江健三郎小説3』新潮社、1996年p172から引用。

対して常に「嫌悪感」や「無力感」を覚えるしかなかったのである。

だが、このような蜜三郎の嫌悪や無力感は、鷹四の死をきっかけにして、「老年と死に向かう変更不能の生活」から、アフリカでの新生活という新たな挑戦へと変わっていく。生における新たな挑戦を受け入れることによって蜜三郎は、彼なりの再出発を図ることになったと言える。

そして、谷間の村における絶望的な状況も、暴動の指導者であった鷹四の死をきっかけに、新たな変化を迎えるようになる。

> 鷹ちゃんの「暴動」はすっかり失敗だったようにみえるけれども、すくなくともこれまで固定していた谷間の人間構成は揺さぶったからねえ。端的にいって鷹ちゃんのグループだった若い連中が、町会議員をひとり出すまでに、頭の固い大人のボスどもに対して力を持ってきたんですよ。やはり「暴動」が起ったことは、谷間全体の将来のためには有効だったよ、蜜ちゃん！事実あの「暴動」で一応は谷間の人間社会の竪のパイプが掃除されたし、若い連中の横のパイプはがっちり固められたからねえ。蜜ちゃん、やっと谷間に長い展望が出てくる基盤ができたように思うなあ！S次さんも鷹ちゃんも、気の毒だったけれども役割は果たしたよ。40)

鷹四の暴動を一つのきっかけとして、蜜三郎は新生活を始める決心をし、谷間の村の人々は長い展望を与えてもらった。

上述したように、『万延元年のフットボール』における人間の回復は、二つの形が存在する。即ち、谷間の村の訪問者である蜜三郎たち、それから、谷間の村の中に住む村人たちの回復がそれであろう。だが、村に訪れた長い展望は、村全体の人々に渡るものではなく、鷹四という

---

40)『大江健三郎小説3』新潮社、1996年p234から引用。

一人の人間に影響を受けた少数の若者にとどまっていることが分かる。
次では、谷間の村に住む大多数の人々の姿を見ることで、「日本民衆」に対する作者大江の捉え方について検討したいと思う。

(3) 大江健三郎における「日本の民衆」と「暴動」のイメージ

大江自身が最後に附記しているように、彼は幾編かの「農民蜂起譚」や「百姓一揆叢談」を参考にしながら『万延元年のフットボール』を完成させた。このような事実は、日本の近代史における民衆の姿に対する大江の関心の表明であり、また、「第二章」の「3−1」で述べた「百姓」のイメージとも繋がる内容だと見られる。そのような意味で、作品の中に描かれている「民衆」とはどういう存在であったのか、その姿を検討することによって、大江の考える民衆の在り方について考察することとする。

前述したように、最初、谷間の人々は、絶望的な自分たちの生活に対して、無力感を覚えるだけの日々を送っていた。それが、鷹四の出現によって、谷間の人々は窮地に追い詰められていた自分たちの現実を実感することになる。そして、彼らは、谷間を経済的に支配していたスーパー・マーケットの天皇に抵抗し、鷹四の指揮に従ってスーパー・マーケットを略奪する。しかし、スーパー・マーケットの天皇に対するこのような村人の抵抗は、時間が経過するにつれて、その意義を喪失してしまう。彼らの中には、自分の行った略奪の行為を後悔し、略奪した品物をスーパー・マーケットに返しにいく人々が続出するのであった。なぜ谷間の村の人々は、自分たちの行為に対してたちまち後悔の念を示すようになったのか。

鷹四という一人の指導者によって始められた、スーパー・マーケットの天皇に対する闘いは、村人の自覚的な判断によるものではなく、感情の流れに便乗した一時的な動きに過ぎなかったことがその理由だと言える。経済的な困難に陥って、自立の道を開くことが出来なくなった谷間の村の人々は、抑圧されていた感情をスーパー・マーケットの天皇に向け噴出することで、一つの環をつくった。その上、スーパー・マーケットの天皇が朝鮮人である事実が、彼らをより追い立てる。即ち、過去には、自分たちが朝鮮人たちの支配者であったことを思い出すことで、抑揚する感情を抑えることが出来なくなったのである。このような村人たちの暴動の動機は、理性的な判断によるものとは言えないのである。

谷間の村の人々の行為は、一人ひとりの個人に基づく、現状に対する自覚や、強い意志からではなく、一時的な感情の動揺だったとしか見えない。そして、このような事実を裏付けるのが、作品の最後に見られる民衆の在り方である。鷹四の死後、谷間の村の人々は、暴動以前の元の生活に戻り、スーパー・マーケットへの抵抗もなくなる。

> 鷹四の死の直後、すでに「暴動」の推進力の中核は崩壊しつくしていたのである。あらためて「暴動」が再開される可能性を匂わせてスーパー・マーケットの天皇に影響をあたえる力は残っていない。谷間の主婦たちも、「在」の人間も、略奪品が追及されないことに卑屈な感謝と、こすっからい満足の念をいだいて「暴動」以前より総じて二、三割も値上りした食品やら日用雑貨やらをおとなしく買っている。電気製品など略奪品の大物については、ひそかにスーパー・マーケットへかえしに行く者が続出して、しかも傷ついたそれらがあらためて特価販売されると短い時間に売り切れた。「暴動」に参加して安衣料品を奪い合った「在」の女たちが、じつはまとまった現金をかくしもっている潜在購買層だったのであって、彼女たちはその特価販売にもっとも熱心に参加した。山林地主たちは安堵して、再び利己的な殻に閉じこもった。[41)]

『万延元年のフットボール』を通して見た民衆の闘いは、失敗した暴動で終わっていた。スーパー・マーケットの天皇によって経済的に支配されるという状況は、暴動の以前と比べて全く変わらず、却って、より疲弊するようになったという印象を受ける。そして、村人による暴動が、スーパー・マーケットの天皇に及ぼした影響は何一つなかった。最初から、村の暴動は、一人ひとりの自覚による徹底した闘いでもなかった上、責任さえ問われなければそれで満足して諦めてしまうという利己的な態度がより強かったのである。

このような、『万延元年のフットボール』に見られる民衆の描写は、作者大江が、日本の近代史における民衆の在り方について肯定的な評価を下していなかったことと関係する。大江は「反逆ということ」の中で、小野武夫編『徳川時代百姓一揆叢談』を読んだ感想として、「そこに記録された様々な暴動のあまりに日本的な、日本人的な特徴に息苦しいような思いをあじわった[42]」と述べている。一体彼は、どういうところを日本的、あるいは日本人的だと感じ、見苦しい思いをしていたのか。

まず、大江は、暴動においてすべての村を巻きこもうとする迫り方がいかにも日本的だと述べる。また、どのような人間であるのかその正体も全く知らない一揆の指導者の存在も、やはり日本的だと指摘する。そして、一揆の結果をめぐる大江の意見は次のように続く。

> それを暴動のあとおだやかな弱い農民として生きのびる、一般の一揆参加者のがわからいえば、かれらは指導者たちを、きわめて容易に見捨ててしまう者らであるというべきであろう。一揆の活動の数日間に、ひとりも死なないばかりか怪我すらもしないということは、これ

---

41)『大江健三郎小説3』新潮社、1996年p222から引用。
42)「叛逆ということ」(1966年)――『想像力と状況』(大江健三郎同時代論集3)岩波書店、1981年p94から引用。

らの農民たちが決して自暴自棄の暴徒ではないことを示しているように思われるが、こうした暴動のさなかにおける秩序の感覚は、最初からかれらが一揆の指導者たちを見捨てていることに由来するのではあるまいか？一揆の指導者をまつった塚や神社などを見るたびに、ぼくは、生きのこった旧暴徒たちの奇怪な平静さのことをあわせて考えないではいられない。そういう民衆もまた、日本人のみの個性につらぬかれていると思うのであるが、どうであろうか。[43)]

このように大江が、日本的・日本人的だと述べる内容は、次のように纏められると思う。即ち、日本人の特徴の一つは、責任を持つ個人として行動するのではなく、あくまでも共同体という名によって共に行動する。そして、共同体の中で守られながら、匿名の立場で行った行動に対しては、民衆の誰一人責任を負おうとしない。指導者一人を犠牲にすることで暴動は終わり、結局、一般の民衆たちは何一つ被害を受けることがない。

そして、上述した「日本的・日本人的な特徴」に息苦しい思いを覚えていた大江は、次のような日本人像を示す。

明治百年をひかえて日本人の新しいナショナリズムについての声は、この数年のたかまりをこえてなお高く徹底的にひろがってゆくことであろう。戦後二十年の、いわゆるナショナリズムの基盤のあらわでなかった時代が、そのまま国家への反逆のイメージを希薄にする時代であったことを考えれば、そうした新しいナショナリズムの季節はまた、新しい、国家への叛逆のイメージの追及をさそう季節でもあるにちがいない。おそらくは、いまはじめて具体的に、日本の戦後世代

43) 「叛逆ということ」(1966年)——『想像力と状況』(大江健三郎同時代論集3)岩波書店、1981年p97,98から引用。

が日本及び日本人であることへの叛逆について考えざるをえない時が到来しようとしているのであろう。44)

大江は、個人に基づく主体意識や責任感を持てなかったため、最終的にはナショナリズムという国家の理念に巻き込まれてしまった戦中のことを想起させている。そして、国家の提示する上からの方針にそのまま従ってきた今までの日本人の姿に別れを告げるよう、戦後世代に向けて主張するのであった。民衆による共同体としての動きに根深い不信感を持っていた大江は、あくまでも「個人」の自覚と意志による行為に注目していることが分かる。

しかし、すると大江は、暴動に参加する民衆の皆が、自分の身を顧みしない「自暴自棄の暴徒」になることを願っていたのだろうか。一体彼は、民衆にどのような形の暴動を求めていたのか。次の鷹四の発言に、大江の考える「暴動」のイメージを垣間見ることが出来る。

「おれの暴動という言葉は嬉しいね、もちろん買いかぶりにすぎないが。蜜、谷間から『在』にかけて数多い人間を、大人から子供までいっせいに熱中させているのは単に物質的な欲望や欠乏感のみじゃないよ。今日はずっと念仏踊りの太鼓や銅鑼を聞いただろう？実はあれが一等みなをふるいたたせているんだ、あれが暴動の情念的なエネルギー源なのさ！スーパー・マーケットの略奪などは、実際のところ暴動でもなんでもない、小っぽけな空騒ぎにすぎないよ、蜜、そしてそれはこれに参加している誰もが知っていることさ。しかも、かれらはこれに参加することで、百年を跳びこえて万延元年の一揆を追体験する昂奮を感じているんだ、これは想像力の暴動だ。蜜のようにそうし

44)「叛逆ということ」(1966年)——『想像力と状況』(大江健三郎同時代論集3)岩波書店、1981年p99,100から引用。

た想像力を働かせる意志の無い人間には、今日、谷間におこっていることなど暴動でもなんでもないだろう？」(傍点原文)[45)]

ここで、鷹四の考える暴動とは、最初から、谷間の経済を危機にさらしているスーパー・マーケットの天皇を突き倒すようなものではなかったことが分かる。鷹四は只、谷間の民衆が念仏踊りに参加することで、百年前に起きた百姓一揆の暴動を追体験すること、即ち、想像力における暴動だけを願っていたのである。しかし、正確に言えば、鷹四の語る暴動とは、実践性のない抽象的なものであった。なぜ大江は、『万延元年のフットボール』の中で、このような情念的な暴動のイメージを描くことに終わっているのだろうか。

私見によれば、まず、近代史における百姓一揆への不信感によって、「暴動」の肯定的なイメージを描くことが出来なかったからだと思われる。それから、もう一つは、民衆の暴動によって、スーパー・マーケットの天皇が打ち壊されることまでは期待しなかったからだと考えられる。大江の目指す暴動とは、国家体制を倒すような実質的なエネルギーではなく、個人の自由な思考を阻害する国家権力への牽制という形で制限されていた。

そして、上述した内容は、「第一章」で述べた、沖縄民族に対する大江の理解とある共通点を持っている。即ち、民族、または、民衆と言った共同体の問題を扱うことにおいて、彼らの歴史における伝統的な「文化」は尊重するものの、共同体としての主体的な力は認めようとしなかったのがそれである。『万延元年のフットボール』の民衆(谷間の村の共同体)は、スーパー・マーケットを略奪するという物質的な暴動においては完全に失敗したが、「念仏踊り」という想像力における暴動

45)『大江健三郎小説3』新潮社、1996年p174,175から引用。

を改めて復活させることは出来た。そして、この念仏踊りこそ、谷間の民衆における伝統的な文化であり、そこには、目に見える形のエネルギーは存在していない。つまり、どのような破壊力も持っていなかった。

結局、作者大江は、日本の近代史における百姓一揆の中で、民衆を代表して自分の命を棄てる指導者の個人的な生き方に強く共感しただけであり、民族や民衆と言った共同体の発揮する暴力に対しては、マイナス的なイメージしか持てなかった。そして、そのような傾向によって、大江の描く理想的な人間の姿は、常に共同体の人々と融合することが出来ず、孤立した一人の個として存在していた。

第三章
キム・ジハにおける「民主主義」と「民族」

1. 先行研究の検討と、研究範囲の限定

1−1. 先行研究の検討

キム・ジハの作品は、1970年代における軍事政権の政治的な弾圧によって、自由に読まれることはなかった。キムの作品を掲載した雑誌が廃刊させせられたなどの迫害を受ける状況の中、文学研究どころか、一般の読者が彼の作品を自由に読むことさえも難しかったのである。それが、1974年からおよそ7年間に亘る収監生活が終わり、1982年から改めてキムの作品が刊行されることによって、「キム・ジハ現象」と言われる程の大きな反響を呼ぶことになる。前の時代には読むことが出来なかった禁書に対する、一種の歓迎のムードであったとも言えよう。

しかし、キムの作品は、常に政治的な事柄と絡んで、文学テキストとしての評価を受けることが少なかった。やっと80年代の後半になってから、本格的な作家論や作品論、主に、キムの「譚詩(ダムシ)」をめぐる文学ジャンルとしての位置付けや、「大説『南』」における民衆論、生命論の考察などの研究が行われるようになった[1)]。中でも、ヨム・ムウ

---

1) 「譚詩」と「大説」は、作者のキム・ジハによって作られた新たな概念の文学

ン(염무웅 廉武雄)の「叙事詩の可能性と問題点」(『韓国文学の現段階1』創作と批評社、1982年)、イム・ホンヨン(임헌영)の「キム・ジハの大説『南』が示すこと」(『新東亜』1983年11月号)、キム・ゼホン(김재홍 金載弘)の「反逆の精神と人間解放の思想」(『作家世界』1989年秋号)、オ・セヨン(오세영)の「ジャンルの実験と伝統ジャンル」(『作家世界』1989年秋号)などをその例として挙げることが出来る。

上述したこれら文献からも分かるように、キムに対する1980年代の文学研究は、文芸雑誌に収録された短編的なものが多かった。そのような状態の中で、単行本としての研究書が初めて出版されたのは、1991年、フミオ・タブチ著、チョン・ジリョン訳の『キム・ジハ論；神と革命の統一[2)]』であった。著者である多蓮文夫は、ドイツで神学を学んだことのある現役のカトリック神父であったが、彼は、1970年から1980年代に亘るキム・ジハの作品が、カトリック――中でも、信仰に基づく社会的実践を求める「解放神学」、あるいは、「民衆神学」といわれるもの――からの深い影響に基づいて創作されたと見ていた。単行本としては、海外は勿論、国内でも初めて出版された研究書であり、何より、カトリックという思想的な影響を中心に、一貫性を持って、20年間に亘るキム・ジハの文学世界を論じたことで注目を受けた。次の「1－2. 研究範囲の限定」でも述べるつもりであるが、収監生活を終えてから展開した「生命思想[3)]」によってキムは、以前彼の持っていた民主

ジャンルだと言える。二つとも、韓国の伝統的な民衆文学である「パンソリ」に基づいているが、その中でも「大説」には、「小説」など、既存の文学様式の形を拒否し、より自由な思想による創作を試みるという作者の意図が窺われる。

なお、「譚詩(ダムシ)」の定義については、「第三章」の「3」で具体的に検討することにする。

2) 原題は、「Politische Mystikim astaischen Kontext ：Kim Chi Ha, der katholische Dichter aus Korea(アジアの状況での政治的な神秘主義：韓国のカトリックの詩人キム・ジハ)」である。(タサン・グルバン、1991年)

主義精神が変質してしまったという、強い批判を受けることになる。このような状況の中で、1970年から1980年代に至るキムの文学世界が思想的に一貫しているという多蓮の評価は、大きな意味を持つ。

また、もう一つの単行本としては、ホン・ヨンヒ(홍용희)の『金芝河文学研究』(詩と詩学社、2000年)がある。ホンは、1970年から1990年代までの30年間に亘るキムの文学を、陰陽五行説と東洋的な思想に基づいて、キム・ジハの文学世界が「陽の外的発現」から「陰の内的収斂」へ展開したと解釈している。ホンによると、人間を含むあらゆる生命の価値を尊重するキムは、最初、生命の価値を抑圧する独裁政権に対して文学による挑戦を行うが、釈放後、社会体制だけではなく、より本質的な面において生命の価値を論じるようになったという。ホンの表現を借りると、「生命価値の喪失と文学的対応」から「生命共同体の再建に向けた文学的道程」へとキムの文学世界が展開しているというのである。何よりホンは、キムの「生命思想」に強く共感することで、キムの文学世界を肯定的に捉えようとしていた。

90年代になると、雑誌に収録される論文以外に、学位論文も多く見られるようになるが、その大体が、叙情詩や譚詩という限定された分野の作品を対象としていることが特徴である[4]。そのような意味で、前述したホンの『金芝河文学研究』は、およそ30年間に亘るキムの全作品に目を通すことで、キムの文学世界に対する総合的な理解を示してい

---

3) 人間中心の社会体制を超えた自然の世界に目を向けることで、あらゆる生命の価値を尊重しようとした考え方だと理解される。しかし、キム・ジハ自身の思想が確実に整理されていないこともあり、その内容においては、抽象的な面が多い。

4) パク・エリの「金芝河の譚詩＜五賊＞研究」(韓南大学校修士論文、1994年)、カン・ジョングの「金芝河の叙情詩研究」(慶熙大学校修士論文、1995年)、カン・ヨンミの「金芝河の譚詩のパンソリ受容様相研究」(高麗大学校修士論文、1995年)、チャ・チャンリョンの「金芝河の譚詩研究」(中央大学校修士論文、1996年)などがその例である。

ると言える。

以上検討したように、キム・ジハに対する文学研究は、1980年代の後半になってから本格的に行われるようになった。他方、日本では、1970年代、政治的な状況と結びついた形で、キムの作品が多くの人々の関心を集めたが、1980年代以後、殆ど注目を受けることはなかった。このような傾向を見ると、外的状況によって、キム・ジハ個人の文学世界や思想が持続的に検討される機会を得ていないような印象を受ける。本論文では、1970年代の社会的・政治的な背景とともに、キムの民衆に対する理解やその文学表現を検討することで、キムの文学の中で継続している「民衆意識」の本質を考察することにする。特に、朝鮮時代後期における民衆文学からの影響を通して、民衆意識の継承化を試みたキム・ジハ文学の特徴を明確にしたいと思う。

1－2. 研究範囲の限定

ここでは、キム・ジハの文学世界を全体的に把握するとともに、本論文における研究の範囲を示すことにする。まず、「反逆の精神と人間解放の思想[5)]」の中でキム・ゼホンは、キム・ジハの文学世界とその展開を、次の五つに分けている。

一.『黄土』、対決構造と反逆の精神
二. 譚詩、受難期の文学または文学的リアリズム
三.『燃えつくような渇きで』、死の時代・絶望の時代
四.『エリン』、巡礼と求道の精神
五.『星畑を見上げながら』、生命思想と愛の哲学

---

5)『作家世界』世界社、1989年秋号 p103～134

上述したこの分類を通して、時間的な経過に基づくキムの文学的傾向の変化を見ることが出来る。しかし、分類の対象になる作品が1980年代までのものに限られているので、1990年代の作品までを視野に入れて改めて纏めてみると、次のようになると思う。

i．叙情詩の『黄土』(1970)：最初の詩集。

ii．「五賊」・「桜賊歌」・「糞氏物語」などの「譚詩(ダムシ)」と、五篇の戯曲(1970～1974)
　：当時の軍事独裁政権に対する諷刺。

iii．大説『南』(1982～1985)：生命思想の展開。

iv．抒情詩の『エリン』(1986)、『星畑を見上げながら』(1989)：内面における求道。

v．生命思想論の『生命』(1992)、対談集の『生命と自治』(1994)、紀行文の『思想紀行1,2』(1999)
　：1980年代から見られる生命思想論の展開。90年代の後半になってからは、韓国の民族文化に基づいた「新人間運動」を模索。

この「i」から「v」までの五つの時期における作品について少し説明を加えておこう。キムの最初の詩集である『黄土』は、韓国と北朝鮮の分断以来、言わば純粋主義、芸術主義に傾斜していた韓国の詩壇に、政治的な問題を持ち込んだ作品として評価を受けている。現実の社会に対する詩人の悲観的な思いが淡々と描かれている『黄土』は、現実社会の問題と文学を結び合わせた出発点として見ることが出来る。

次に創作される「戯曲」と「譚詩」の一群は、1970年から1974年までの逮捕・収監・釈放・逮捕・死刑宣告・控訴放棄という死の瀬戸際で書かれたものである。中でも「譚詩」の作品群には、諷刺精神に基づいた、民主主義への強い意志が表現されている。キム・ジハの文学世界における譚詩の意味についてキム・ゼホンは、次のように述べている。

> 彼の生涯の中で、もっとも、緊迫して、惨めだった苦痛の時期に書かれた政治詩、すなわち譚詩は、政治的暴力に対して戦う文学的応戦様式であった。巨大な維新独裁政権の組織的な政治暴力と構造的矛盾に向かって戦う戦略戦術、あるいは武器として、譚詩は書かれたのである。6)

まるで、戦争を連想させる表現であるが、キム・ゼホンの指摘する通り、「五賊」並びに他の譚詩は、当時の政治状況と深い関係を持つ作品であり、具体的には、独裁政権とそれに対抗していく「民衆」を描いた、民主主義精神の表明であった。譚詩の定義と特徴については、後に「3-1.『譚詩』について」で具体的に検討することにするが、何よりキム・ジハは、「譚詩」という新しい文学的形式を通して、自分にとっての「民主主義」の意義を披露したと考えられる。

およそ7年間に亘る収監生活の直後に書かれた大説『南』は、「生命思想」の展開という新たな主題で、多くの話題を呼んだ作品である。大説『南』によってキムは、民主主義者から宗教家へと変節したという汚名と非難を浴びるようになり、詩人としての第2の受難期を迎えた。キムは釈放後、政治体制に対する実践的な闘いではなく、人間の内面に基づく本質的な何かを求める態度を示すようになった。しかし、当時の軍事政権に対抗する、大学生中心の民主主義運動が激しく行われた80年代には、キムの展開する「生命思想」が受け入れられることはなかった。

勿論、釈放後、キム・ジハの民主主義精神が変質したという一般的

---

6) 「反逆の精神と人間解放の思想」『作家世界』世界社、1989年秋号 p110

な理解は、正しくないと思われる。「時代の中心[7]」のキム・ウチャン(김우창)と『金芝河文学研究』のホン・ヨンヒによると、キム・ジハの民主主義精神は、最初、社会の中で大きく表面化されていたが、収監生活という苦難を通して、内面化・拡大化されるようになったという。キム・ジハの文学において持続的に見られる民衆意識を検討する筆者の私も、上述した、キムとホンの二人の見解に共感を覚える。

それから、大説『南』以後に書かれた叙情詩、中でも『エリン』には、作者キムの内面に関わる求道のイメージを見ることが出来る。『エリン』における宗教的な傾向は、大説『南』から始まる「生命思想」の展開とも関連性を持つと考えられる。そして、90年代に入ってからは、80年代からの「生命思想」を本格化する作業とともに、韓国の民族文化に基づく新たな思想的模索を進めているように考えられる。

前述した「ⅰ」から「ⅴ」の時期に基づいてキム・ジハ文学の特徴を垣間見ると、キムが、「叙情詩→譚詩、戯曲→大説→叙情詩→思想論」という順で、多枝にわたる文学様式の創作に挑んでいることが分かる。このような特徴は、作者キムが、既存の文学様式という柵から自由になることを望んでいたこと、および、韓国の伝統的な民衆文学を現代において継承しようとしたこと、に起因すると思われる。その中でも、朝鮮時代の民衆芸術に基づいて創作された「戯曲」や「譚詩」については、次の「2」、「3」で具体的に検討することにする。

そして、前述した作品の中で、本論文の研究対象として考えているのは、「ⅱ」の「譚詩」と「戯曲」である。1970年から1974年の間に書かれた「譚詩」と「戯曲」には、現実社会に対する作者キムの問題意識とともに、「民族(キムにおいては、「民衆」と同一概念としての)」や「民主主義」への個人的な理解が、鮮明な形で表れているからである。その上、譚詩や

---

7) 「時代の中心」『中心の悩み』ソル出版社、1994年 p111～164

戯曲は、ストーリーのある物語ということで、大江の小説と比較することによって、二人における思想的な違いがより明確になると思われるからである。

2. 五つの戯曲における韓国の民衆

キム・ジハは「良心宣言」(1975年5月4日)[8)]の中で、「民主主義」に対する自分の意見を次のように述べている。

> 民主主義とは何か。
> それは、沈黙とは対蹠的な、自由な言葉を意味する。従ってあらゆる隠された真実が一つ残らず暴露されることを意味する。私は、ただ真理だけが人間を解放すると信じている人である。暴露された真実が、抑圧者たちの呪術にかかって沈黙の文化の中で縛られていた民衆意識を揺さぶり、解放させ、彼らを自由な批判精神の暴風が噴く荒野へ導く時こそ、民衆の日は到来するだろうし、民衆の歴史は創り主によって約束された正義と自由のカナンに向うだろう。これが私の夢であり、私の信仰である。私はカナンの姿がどういうものであるか、正確に描くことは出来ない。それは、ある一人の個人によって描かれるものではなく、民衆の手によって創造されるべき性質のものである。民衆が、自らの運命の鍵を、自らの手で握るように戦うこと、ここまで

8) キム・ジハは、自分に共産主義者という罪名を追わせた——拷問による自白で——当時の政権に対して、自分の無実を示すために「良心宣言」を書いた。「良心宣言」はある出所した人によって持ち出され、国外に伝えられた。日本のカトリック正義平和委員会とキム・ジハ救命委員会によって、日本とアメリカで同時に翻訳され、発表された。(『南の地、船乗りの歌』図書出版ドゥレ、1985p44を参考にする。

が私の課題である。

このような意味で、私が要求し、手に入れようと戦っているものは、徹底した民主主義、徹底した言葉の自由、その以下でも以上でもない。9)

この引用文を通して、私たちは、当時のキムにとって民主主義とは、一人の個人における問題ではなく、「民衆」に基づく共同体の課題であったことを理解する。そして、民衆の手によって真の民主主義が実現されると考えていたキムは、民衆の姿をよりリアルに表現するために、新たな作品の創作に励む。そして、そのような過程の中でキムは、今まで書いてきた「叙情時」から、「戯曲」や「譚詩」の創作という変貌を見せるようになる。

以上、キムにおける新たな文学ジャンルの特徴やそれぞれの作品分析を通して、「民衆」という共同体を基盤とするキムの民主主義精神について考察したいと思う。

2－1.「民衆劇」としての出発

キム・ジハは1970年代の前半において、五篇の戯曲を発表している。それを執筆年順に並べると、「ナポレオンコニャク」(1970年)、「銅のイ・スンシン(이순신 李舜臣)」(1971年)、「金冠のイエス」(1972年)、「鎮悪鬼(チノギ)10)」(1973年)、「ソリグッ・アグ11)」(1974年)である。こ

9)「良心宣言」(1975年)――『南の地、船乗りの歌』図書出版ドゥレ、1985年p49から引用。

10) 井出愚樹訳の『金芝河作品集1』(青木書店、1976年)には、「チノギ(真五鬼)」と表記されているが、これは、悪鬼を鎮めるという意味の「鎮悪鬼(チノギ)」の誤訳だと思われる。

11)「ソリグッ・アグ」という題名の中で、「ソリ」は声、「グッ」は神に身の安全

れらの五篇の戯曲が持つ本質的な意味は、当時の時代的な状況の矛盾を、民衆の側から描写したことにある。

当時のキム・ジハは「民族民衆文化運動[12]」を通して、植民地時代における日本文化の強制や大戦後における西欧からの近代的な文化の一方的な受容を脱皮し、伝統の中から韓国文化の独自性と継続性を求めようとした。『金芝河文学研究』(2000年)の著者であるホン・ヨンヒによれば、「劇という様式の持つ臨場感、集団性、同時性の特性は、キム・ジハが'民族民衆文化運動'として戯曲を選んだ重要なきっかけとして作用しただろう[13]」という。独裁政権の威圧によって蓄積された民衆の欝憤を表現するためには、個人における情緒の反映である詩より、もっとリアリスティックで生動感を持たせる新たな形式が必要であったと考えられる。それでは、まず、次の<表1>を参考にしながら、戯曲の作品分析に入りたいと思う。

や福を祈ったり、死霊を呼んだりする韓国の伝統的なシャーマニズムの儀式、「アグ」は主人公の名前を、それぞれ意味する。

12) キム・ジハは、ソウル大学在学中、「我が文化研究会」の一員として、伝統的な民衆文化を活性化することに力を入れていた。このような活動が基盤となり、1970年代前半には、多くの知識人と大学生を中心とした「民族民衆文化運動」が行なわれることになる。

13) ホン・ヨンヒ『金芝河文学研究』詩と詩学社、2000年p81

<表1>

作品名	民衆の象徴	結　末	背景としての社会問題
ナポレオンコニャク	「チョカッナ」:「媽媽(ママ)」の家の家政婦	「媽媽(ママ)」の夫である高官の辞任。	高級官吏たちの女性スキャンダル。
銅のイ・スンシン	飴売り	飴売りが、警官に捕まる。	都市貧民(中でも、離農民)の過酷な現実。
金冠のイエス	癩病やみ、乞食、娼婦	癩病やみが、五広大チュムを踊りながら自分の悲しみを表現する。	都市貧民の過酷な現実。
鎮悪鬼(チノギ)	農民たち	農民たちが、自分らを苦しめてきた鬼たちを退治する。	工業中心の経済成長計画と、農村の疲弊。
ソリグッ・アグ	「アグ」:離農民、日雇い	アグが、踊りの対決で勝利し、日本人社長を追い出す。	韓国に対する日本の経済援助と、企業進出による問題。物質万能主義の蔓延。

(1)「ナポレオンコニャク」[14)]

上述した五つの戯曲は、それぞれ違う素材を通じて、当時の社会的構造の矛盾を諷刺したり、民衆の置かれた不運な立場を描写したりしている。キム・ジハにとって初めての戯曲である「ナポレオンコニャク」は、当時の支配層を諷刺した内容でよく知られている譚詩「五賊」と似た作品であり、その創作年も同じである。「五賊」には、獣に例えられた五人の人物――財閥、国会議員、高級公務員、将軍、長・次官を象

14) 五つの戯曲における全ての引用に関しては、全て、『トンタッキトンタック(キム・ジハ全集3. 戯曲)』(東光出版社、1991年)に基づくことを示しておく。

徴する——が登場しているが、「ナポレオンコニャク」にも、それぞれ、高官や放送局のプロデューサー、陸軍将校、公務員、会社社長の夫を持つ五人の夫人たちが登場し、自分たちの日常生活を語る。彼女たちは、皆同じ大学を卒業した親友であったが、今は、夫の身分によって、各々違う状況に直面している。特に、高官の婦人である「媽媽(ママ)[15]」に気に入ってもらうために、他の友人たちは心にもないあらゆるお世辞を言いながら媚びるのである。しかし、最後には、「ママ」の夫である高官が女性問題によって辞職せざるを得なくなったことで、友人たちは「ママ」の所から去り、今までの彼女の栄華も終わったことが告げられる。ここで言う高官の女性問題とは、当時、世人の関心を集めた実際の事件に基づく内容でもあった。

また、「ナポレオンコニャク」には、「ママ」の家の家政婦である「チョッカナ」という人物が登場するが、民衆の一人としての「チョッカナ」の存在がそれ程注目されることはない。「ナポレオンコニャク」は、支配層である「ママ」たちの偽善を諷刺することで話が一貫しており、「民衆」の有り様に重点を置いて書かれた戯曲と言えば、次の「銅のイ・スンシン」を挙げることが出来ると思う。

(2)「銅のイ・スンシン」

「イ・スンシン(？~1598)」とは、朝鮮時代日本軍の侵略から国を救った名将の名前であるが、「銅のイ・スンシン」は、歴史における過去の人物であるイ・スンシンとある一人の男との対話がその内容の中心を成している。実際に、韓国ソウルの中心部である「光化門(クァンファムン)」というところには、イ・スンシン将軍の銅像が立っているが、「銅のイ・スンシン」は、そのイ・スンシン将軍の銅像をモデルとする

---

15) 王とその家族の称呼の下につけて、尊敬の意味を表した言葉。

作品である。

一幕だけの短い物語であるこの戯曲には、全部で四人の人物、「飴売り」、「イ・スンシン」、それから、「乞食の詩人」と「警官」が登場する。登場人物たちは、それぞれ象徴的な役割を持っているわけであるが、まず「飴売り」とは、人からもらった金属類や瓶などを金にする職業の人のことで、金属類などをもらった人にはお返しとして飴をあげた。ここでは、1960,70年代の民衆を象徴する一人の人物として登場する。特に、「飴売り」は、鉄で作られた大きな鋏を持ち歩きながら、鋏の音とともに人々に呼びかけをしていたが、その鋏の素朴な音が戯曲の中では一つの効果音として使われ、劇の展開を進めていく。即ち、鋏の音とともに幕が開いたり、閉じたり、また、その早やさと強弱によって緊張感を表したりするのである。鋏の音によるこのような仕掛けは、当時の庶民たちの生活と密接な関わりを持つ、面白い装置だと思われる。

それから、「乞食の詩人」は、当時の社会に対して不満を持ちながらも、正面から対抗できない無力な知識人の一面を見せているし、「警官」は、権力を持つ為政者たちに媚びながら、民衆を虐げる木っ端役人を象徴する。

「銅のイ・スンシン」は、ある初冬の夜に起きた話である。一日の仕事も終わりつつある時、「飴売り」はソウルの町を眺めながら、自分と家族の身の心配をする。彼は、まともな家を得るどころか、今住んでいる2平方メートルの借家がいつ撤去されるのかも分からない状態のまま、不安な日々を送っている自分自身が情けなく感じられる。

飴売り

(タバコの煙を吐き出し、前方を眺めながら)嫌なほど多いなあ。何で家があんなに多いの。

> 畜生、あんなに大きな家の中に、わが五人家族が足を伸ばす部屋が一つも無いなんて。(中略)いくら死ぬ思いで働いても、五人家族、食べていくのが精一杯で……(『トンタッキトンタック』p49)

引用した「飴売り」の嘆息には、身が粉々になるまで働いても、生計を維持することがやっとのことである、厳しい現実に対する悲しみが感じられる。正式に1963年から始まったパク・ジョンヒ政権は、工業中心の経済計画を立てたが、不均衡な経済計画によって農村の多くが疲弊を増すようになった。そして、自分の居場所をなくした農村の人々は、仕事を探して都会に来るが、彼らに出来るのは、過酷な労働の上低賃金の、日雇いを含む賃金労働者ぐらいであった。そのような民衆の現実を象徴的に示しているのが、上述した「飴売り」の台詞である。

その「飴売り」の目に、聳えているイ・スンシンの銅像が入る。すると、彼は、銅像のあちこちを触ったり、舌で舐めたり、爪で掻いたり押したり、耳を欹ててドンドンと叩いたりする。銅像が、本物の銅で作られたかどうかの確認である。このような「飴売り」の行動は、先までの陰欝な雰囲気を吹っ飛ばし、見るものの笑いを誘う。あまりにも単純で、馬鹿らしいとしか言いようのない彼の行動を、作者キムは、叱ることなく温かい目で見つめる。自分の置かれた状況に絶望したあまり、そのまま悲しみの淵に入り込むのではなく、どのような境遇に遭わされても素朴な笑いを失わないのが民衆の強さだということを、キムは理解していたと思われる。この「諧謔」に富む民衆の生き方に、キムは、強く共感していたとも思われる。

しかし、銅像のイ・スンシンがさしていた大刀の値段をはかっていた飴売りに、突然、信じられない出来事が起こる。銅像のイ・スンシンが彼に話かけてきたのであった。最初は驚きのあまり、突然表れたイ・スンシンの存在を信じなかった彼も、徐々にイ・スンシンの話に耳を傾けるようになる。すると、イ・スンシンは、自分が民衆の一人であることを示す、次のような発言をする。

イ・スンシン

私は以前白衣従軍(国家公務員としての職を持たない一般人の身分で、戦争に参加すること：訳者・ホン)したことがあるよ。何の地位も肩書きも持たない只の百姓として、戦場に臨んだな。しかし、その時が一番心地よかった。名もない只の百姓として、他の百姓と変わったところもなく、国の為にだけ忠誠を尽くすこと、それって胸が一杯になることじゃないか。私は今もそのように生きていたいね。(『トンタッキトンタック』p56)

「白衣従軍」することによって、只の百姓として戦争に臨んだイ・スンシンの姿には、民衆の中に自分の居場所を見つけていた作者の思いが投影されているようにも見える。韓国の一流大学で学び、着々とエリートの道を歩むことが出来たはずのキムが、敢えて民衆の一人として生きようとしたのは、時代の影響だけではなかったと思われる。田舎で生まれ育ち、子供の頃、民衆の実態を目にしてきたキムであるからこそ、民衆に対する親密感を覚え、民衆の側に立つことが出来たのだろう。そして、キムが、韓国の歴史上における偉人の中でイ・スンシンを登場人物として選んだ背景には、ライバルの計略によって濡れ衣を着せられ、やむを得ず一般百姓の立場に置かれたが、名もない只の百姓として戦場に臨むことを躊躇しなかったイ・スンシンの生き方に共感したからだと思われる。

しかし、引用文の「国の為にだけ忠誠を尽くす」という台詞は、慎重を期さないといけない表現であろう。ここで、明らかにしたいのは、イ・スンシンは、外部からの侵略から国を守るために戦った人だということである。つまり、彼にとって「忠誠」とは、防御の手段としてしか用いられなかった。

「銅のイ・スンシン」の中には、イ・スンシンが、自分の体を被っている銅を剥がしてくれるよう、飴売りに頼む場面がある。

イ・スンシン

(熱烈に哀願するように)この銅の殻を剥がしてもらえないか。銅さえ、これさえ剥がしてもらえるんだったら、私は昔、白衣従軍した時と同じく自由になれると思うけど……私を助けてくれないか。私を助けてくれ。この銅の殻を何とか剥がしてくれ。そうしてくれ。

飴売り

私に何の力があるんでしょう。(同情するような顔で)私は、能無しの飴売りに過ぎません。何の力もありません。私に助けを求めないで下さい、どうぞ。

イ・スンシン

違う、あなたには力がある。あなたの純朴で温かい心と、あなたのその貧しい生活こそ、あなたの力だよ。この銅を剥がして、私を自由にさせてくれるのは、あなたのような人たちしかいない。他の人は出来ない。他の人たちは、私が話すことさえ聞き取れない。もし聞き取れるとしても、私を見なかったふりをして背を向け、陰で私を嘲笑うことに決まっている。あなたしかいない。勿論、私の力では出来ないし。

(『トンタッキトンタック』p63)

銅像のイ・スンシンは、願ってもいない銅に自分が被われていると述べているが、イ・スンシンのこの台詞は、独裁政権を維持する目的で歴史や民族意識を思う通りに利用する、当時の為政者たちに送る一種のメッセージと見ることも出来る。即ち、イ・スンシンは、民衆の一人として国の為に戦った人であるにも拘わらず、政府側によって作られたイ・スンシンのイメージは、一般の民衆が近づきにくい距離感のある、立派な将軍として飾られていたのであった。作者キムはこのような官製の英雄像に対して、違和感を覚え、イ・スンシンの実像を取り戻そうとしたと思われる。

「銅のイ・スンシン」は、飴売りが銅像の銅を剥がそうとした瞬間、警官に見つかり、飴売りが逮捕されるところで終わる。残された銅像のイ・スンシンは、「燕よ、あんたは何で来ないの[16)]」と呻くように呟く。

「銅のイ・スンシン」のこのような結末について、ホン・ヨンヒは次のような指摘をしている。

> 一方、この作品がキム・ジハの一般的な文学世界とは違って敗北で終わったのは、飴売りと銅のイ・スンシンとの関係が、とても素朴な童話的な手法によって展開されたからだと見られる。特に、飴売りを通して、支配階層と対照される純粋で素朴な民衆的心性は効果的に表れているが、民衆の強靭な生命力と抵抗の意志は表現されていない。素朴な童話的な手法が、民衆的な理念と力動的な生の現場をリアリスティックに表すことにおいては、障害の要素として働いたのである。[17)]

ホンは、「銅のイ・スンシン」における民衆の姿に対して、純粋で素朴な心性は見えるものの、強靭な生命力と抵抗の意志は見られないと述べている。確かに、ホンの指摘した通りであると思うが、逆にある

---

16) 「燕」とは、春になると朝鮮半島を訪ねてくる渡り鳥で、韓国では、冬の終わりを告げる象徴的なものとして知られている。作品の中では、現実の過酷な状況が過ぎ去って「希望」の未来が来ることを願う意味として用いられた。

17) ホン・ヨンヒ『金芝河文学研究』詩と詩学社、2000年p93

意味では、童話的な手法[18]の展開によって、民衆における純粋で素朴な心性が一層強調された部分もあると思われる。たしかに「銅のイ・スンシン」は、民衆の持つ底力が表出される前の段階の作品であり、民衆の有り様に共感を示すことで終わっている。しかし、この作品を境に、後に続く戯曲や譚詩の創作によって、キム・ジハ文学における民衆の強靭な生命力は、徐々にその姿を表すようになる。

純粋で素朴な心性を民衆における長所として捉えたキム・ジハは、それと同時に、時代的な状況を変えていく主体として、潜在的な原動力として、民衆の姿に注目していたと思われる。

『金芝河の世界』(『青土社』、1977年)のの中で浅尾忠男は、次のような指摘を行なっている。

> その虚像を、真の愛国者、民族の象徴としての実像に奪いかえすこと、そこに戯曲「銅の李舜臣」の主題が成立しているのである。
>
> 虚像を実像に、というこの主題は、しかし「銅の李舜臣」にのみ固有の主題ではない。それはつぎにみる戯曲「金冠のキリスト」にも共通している主題であり、より普遍していえば現実の現象面ではなくその本質に迫り、それを形象化するという、金芝河におけるリアリズム精神に緊密につながっているものであるということができるだろう。
>
> ではいったい、その虚像を実像に奪いかえすのは誰の役割であろうか。乞食詩人であろうか、それとも飴売りとして登場している民衆であろうか。[19]

---

18) 「新しい天地グッを待ちながら」(『トンタッキトンタック』東光出版社、1991年)の中でキム・ソンマンも、キム・ジハの「銅のイ・スンシン」は、オスカー・ワイルドの童話である「幸せな王子」が連想させられる作品だと述べている。

19) 浅尾忠男『金芝河の世界』青山社、1977年p107,108

虚像を実像に変えるのは、一体、誰に出来ることであろうか。「銅のイ・スンシン」に続く「金冠のイエス」の作品分析を通して、民衆に対するキム・ジハの思いと期待を検討することにする。

(3)「金冠のイエス」

「金冠のイエス」は最初、「常設舞台」という演劇会の代表であったイ・ドンジン(이동진)が、カトリックの文化運動[20]に参加するため、「銅のイ・スンシン」を脚色したものであった。「金冠のイエス」が、「銅のイ・スンシン」と全体的に雰囲気が似ていることは、このような背景に基づく。そして、イによって脚色された草稿を、演出者のチェ・ゾンユル(최종률)が修正し、その後、原作者のキム・ジハが書き直したそうである。また公演中、第3場までであった戯曲に、オ・ゾンウ(오종우)が第4場の部分を付け加えるなど、「金冠のイエス」は、キム・ジハ一人ではない、何人かの共同作業を通して完成された作品であった[21]。

「銅のイ・スンシン」を基に書かれたとはいえ、「金冠のイエス」には、幾つかの相違点が見られる。まず、「銅のイ・スンシン」が短幕の短いストーリーだったことに対して、「金冠のイエス」は全部で4場の構成を持っていることや、伝統的な民俗劇に基づく「マダン劇」(「マダン劇」の定義については、「鎮悪鬼」の作品分析で、より詳細に述べることにする)の要素が見られる点などを挙げることが出来る[22]。

---

20) 1970年、チョン・テイル(전태일 全泰壱)という労働者の焼身自殺をきっかけに、知識人や宗教家たちが、労働運動に積極的に参加することになる。カトリック文化運動も、そのような社会的活動の一つだったと見られる。(カン・マンギル、『書き直した韓国現代史』創作と批評社、1994年p383を参考にする)

21) キム・ソンマン「新しい天地グッを待ちながら」『トンタッキトンタック』東光出版社、1991年p249

22) 『金芝河文学研究』でホン・ヨンヒは、キム・ジハによって書かれた五つの戯曲が、全部、民衆の主体性を求める所謂「民衆劇」であることを示していまた、聖職者に対する諷刺的な内容を通して、社会的な問題に対するあらゆる階層の自覚を求めたことも、その特徴である。実際、作者キム・ジハは、1971年5月、原州(ウォンジュ)教会でカトリックに入信したが、このような個人的な体験が、作品の創作に至った一つの要素ではないかと思われる。

「金冠のイエス」の内容を見ると、まずそこには、「乞食」と「癩病やみ」が登場する。二人は道を通りかかる人々から物乞いをし、それで生活を維持していくわけであるが、強情な態度で相手に物を要求する二人の姿は、強盗のようにも見える。だが、「カッソリ打令(タリョン)」と呼ばれる乞食の歌を熱唱しながら物乞いをする場面には、悪党とは思えない道化者としての面白さが感じられるのである。「カッソリ打令」とは、韓国で昔、乞食や癩病やみたちが、人の家とか市場で物乞いをする時にうたった4・4調の歌であるが、「金冠のキリスト」の中には、このような伝統における民衆の生活の一面が取り入れられていた。

第2場までは、結局、一日中一銭も手に入れることが出来なかった二人が、仲間の娼婦とともにその場を去っていくことで終わる。そして、次の第3場になると、酒に酔った癩病やみが嘆くシーンから話は始まる。寒い冬、身を置くところもなく、自分を温かく迎えてくれる人も誰一人いない現実に、彼は深い悲しみを覚えるだけである。暫くしてから癩病やみは、自分の横に立っていたイエスの像に視線を向けて、愚痴をこぼし始めるが、悲しさのあまり彼は、ついに泣いてしまうのであった。

その時、彼の頭に水滴が落ちてくる。癩病やみは不思議そうに空を

る。しかし、形式の面においては、「ナポレオン・コニャク」と「銅のイ・スンシン」が事実主義的な「舞台劇」であることに対して、「金冠のキリスト」と「鎮悪鬼(チノギ)」、「ソリグッ・アグ」は、伝統劇である「マダン劇」の形式を取り入れていると、その違いを明らかにしている。

見上げるが、その瞬間、彼はイエスの像が涙ぐんでいることに気が付く。しかし、彼は、自分が酔っているせいだと思い、涙のことは気にせず、イエスの像が被っている本物の金冠に気を取られてしまう。そして、彼は、この金冠さえあれば、自分の病気も治せるし、貧しい仲間のことも助けられるし、寒い冬を凌ぐ暖房用具も買えると思うのであった。すると、ちょうどその時、イエスの像が癩病やみに話しかけてくる。

イエスの像は、自分がセメントの監獄に閉じこめられていると訴えながら、自分をセメントの監獄から脱出させてくれるよう、癩病やみに求める。自分の頭に被らせられている金冠は、真の信仰を持たない偽善者たちによって作られたものであることを述べる一方、自分を解放してくれるのは、癩病やみ、あなたのような善良で貧しい人たちであることを強調する。癩病やみは、イエスの言葉に従ってセメントを剥がそうとするが、登場した警官と社長に阻止され、その目的を果たすことは出来なかった。

ここまでの内容を見ると、「銅のイ・スンシン」と比べてそれ程変わった感じはしないが、最後の第4場で癩病やみは、「五広大(オクァンデ)チュム[23)]」という踊りを通して、自分の抑圧された感情を表現することになる。一言も文句を言うことが出来ず、警官に捕まり、連れ去られた「銅のイ・スンシン」の飴売りと比べて、踊りを通して自分の感情を表現しようとする癩病やみの姿からは、微弱ではありながらも、民衆の意志が潜まれている。

「カッソリ打令」と「五広大チュム」を通して分かるように、「金冠のイ

---

23) 五人の広大(演技するもの)によって、五つの違う話が披露される仮面劇ということから、「五広大(オクァンデ)」という。「チュム」は、踊りのこと。朝鮮時代当時の支配層である両班(ヤンバン)に対する諷刺の内容が多く、仮面劇の中でも、癩病やみの仮面をかぶった広大の踊りは一番の見どころだといわれる。

エス」は、伝統的な民衆の芸術を現代的なジャンルである戯曲と結びつけた作品であった。そして、そのような伝統との結合によって、現代の言葉ではなかなか表現し難い、民衆の生動感溢れる姿が反映されていた。抑圧を受けて、只、耐えつづけるだけではなく、自分たちの持っている感情を表現できる民衆像がここに期待されているのである。

「金冠のイエス」の中では、個人的な利益のために大多数の民衆が直面している現実の状況から目を離す行為に対する厳しい指摘が見える。そして、その指摘される対象とは、カトリック教会の神父と知識人の大学生、下級公務員の警官であった。その中でも特に警官は、物乞いをする乞食と癩病やみから賄賂を要求するのであるが、下級公務員までに至るこのような不正と腐敗は、当時の社会的な状況の混乱を象徴する場面だと思われる。そして、このような腐敗の原因は、民衆を基盤とする社会全体の問題に関心を持たず、自分だけのために生きようとする利己的な人間が存在するからだと、作者キムは指摘している。

また、民衆の側に立って献身的に働く修道女とは対照的に、政治的な問題に対して教会が介入することはあり得ないと言いながら、あくまでも「国法の示す範囲内で行動する」ことを言い張る神父の発言の中にも、自分の身だけを案じる偽善的な態度が見られる。

「金冠のイエス」という戯曲の創作意図は、善良ではあるが貧しい生活を送っている民衆への単なる同情ではない。何故ならこの作品には、民衆たちが何故貧しくなければならないのか、これからもずっと我慢してそのような生活を続けるべきなのか、貧困の原因はどこにあるのか、などの問題に対して民衆自ら問い詰めることが、求められているからである。

前述したように、「金冠のイエス」には、伝統的な民衆芸術と現代劇との融合が見られる。そして、このような民衆芸術に対するキムの関心は、「マダン劇」という新しい劇の戯曲を創作するまでに展開していく。次の「2－2」では、「マダン劇」の定義とともに、キムの戯曲に見られる「マダン劇」の要素を検討することにする。

2－2. 「民衆劇」から「マダン劇」へ

(1) 「マダン劇」と「鎮悪鬼(チノギ)」

「第一章」の「2－3」でも述べたように、1970,80年代の韓国の歴史学や文学界において民衆を歴史における主人公として注目する見方が存在したが、このような傾向は、演劇界においても例外ではなかった。

1980年、「新しい演劇のために」の中でイム・ジンテック(임진택 林賑沢)は、1970年代に行なわれた民族的・民衆的演劇行為を、「マダン劇」と名づけた。この「マダン劇」という用語は、彼によって初めて公式化されたことになるが[24]、後の1982年に発表された「大学マダン劇の演出の断想」でイムは、「マダン劇とは、我らの伝統的な民俗劇、その中でも特に、タルチュムの脈略を受け継いで新しく胎動し始めた、わが時代の民衆劇の理念であり、形式である」とマダン劇の定義を明確にしている。

それから、イムは、「新しい演劇のために」の中で、「マダン劇」を展開することにおける意義を、次のように述べている。

> 主体的民衆の立場では、新しい価値尺度として世界と人間を眺めなければならない。
> (中略)王朝変遷史とか宮中秘史が本当の歴史ではないことと同じく、民衆の実態と苦難と喜怒哀楽が欠如している文化は、真の文化とは言

---

24) イ・ヨンミ『マダン劇・リアリズム・民族劇』1997年p42

い難いだろう。

文学の場合も、同じ問題が提起されると考えられる。文壇中心ではない文学に対する評価がそれである。[25)]

一部の支配層のための歴史的記述や、文壇中心に評価されてきた文学、このような既存の基準に対する抵抗が上の引用文には見られる。そして、歴史や文学だけではなく、演劇というジャンルにおいても、本当の主人公は誰であるのかという問題提起が行なわれ、民衆こそ演劇行為の主体であるということを示したのが、「マダン劇」の出現であった。

また、イムは、「マダン劇」について次のように述べる。

普段、西欧の演劇においては四つの基本要素を言うとき、戯曲・俳優・舞台・観客を挙げるが、「マダン劇」においては、観客と舞台の問題を核心的な要素だと見るのが妥当であろう。「マダン劇」では、観客(お客さまという意味が含まれている)という用語より、観衆とか見物人という用語がもっと適合であるだろう。即ち、観衆が演戯の主役になるという点で、「マダン劇」は舞台劇と確実に区別される概念を確保することが出来る。[26)]

イムは、演劇における観客の主体性に注目することで、西欧の舞台劇と「マダン劇」との違いを明らかにしようとしたと思われる。演劇における観客を、客という受動的な立場に置くのではなく、近代以来の演劇において疎外されてきた民衆を演劇行為の主体として捉えること

25)「新しい演劇のために」(1980年)の引用は、『民衆演戯の創造』創作と批評社、1990年から行う。同書p16。以下同じ。
26)『民衆演戯の創造』創作と批評社、1990年p18

で、「マダン劇」を展開させようとした。そして、このような「マダン劇」の特徴は、イムの考える民主主義精神とも結び付いている。

私たちの伝統的な民族劇では、演技者と観衆が分離されることがなかった。私たちの民俗劇が大勢の観衆の自発的な参加を通して再創造、蓄積されてきた過程とか、観衆の絶え間ない介入によって変形、貯蔵されてきたという事実は、演劇における観衆の役割がどういうものであるのかを実感させてくれる。それは、ある意味では、'民主的'という表現が相応しい誇らしい面でもある。真の意味での民主政治が、多数の国民から多様な要望と叱責を受けながら成就されていく過程と、民衆多数の意志と表現が集積されて一つの劇形式が完成されていく過程は何が違うのだろうか。多数の国民の意思が反映され、それが民主的な手順に従って具現されるのが民主政治なら、観衆である民衆の願いが固まり、整って、実ることこそ、民俗劇だと言えるのではないだろうか。そのような意味で、演劇の主役が観衆であることを確認する視点から、筆者は敢えて、演劇が新しく始まるべきだと主張したいのである。[27)]

「新しい演劇のために」というタイトルが意味しているように、イムは、既存の演劇界内に対する一方的な批判だけではなく、「マダン劇」という新しいジャンルの劇を提示することに力を入れた。「マダン劇」の出現は、西欧の戯曲をそのまま、あるいは翻案する形で舞台化するのが精々であった当時の演劇界の現状に対して、韓国の現実に合う創作劇の必要性を示していた。

キム・ジハの戯曲「鎮悪鬼」は、上述した「マダン劇」の要素を揃えた戯曲だと言えるが、即ち、韓国社会の現実とともに、その社会を生き

27)『民衆演戯の創造』創作と批評社、1990年p20

ていく民衆を主体として描いている面がそれである。

その上、伝統的な民衆芸術である仮面劇の「タルチュム」の形式を取り入れることで、より一層、民衆意識が強調されているのも特徴である。「鎮悪鬼」には、それぞれの仮面を被り、踊りを披露する「小農鬼」・「外穀鬼」・「水害鬼」という三つの鬼が登場し、農民たちを苦しめる場面がある。そして、典型的な貧農として登場する「マルトック」という人物が登場する。元々「マルック」とは伝統的な仮面劇の中で、支配者である両班の無能と腐敗を告発する役として存在してきた下人の名であった。このような演出を通して「鎮悪鬼が」、「タルチュム」という伝統的な仮面劇における民衆意識を継承していることが推測できる。

それから、「鎮悪鬼」の最後には、悪鬼を撃ち滅ぼした演技者たちの踊りに観衆が加勢する場面があるが、このような劇への参加を通して観衆は、演技者と一体感を覚えることが出来る。朝鮮時代後期の民衆劇は正式の舞台がなかったため、家の前庭に筵などを敷くだけの、とても素朴な形の舞台で劇が行なわれた。しかし、そのため、演技者と観衆との間を遮断する境界線がなく、両者が一つになって劇に参加することが出来たのである。「鎮悪鬼」には、朝鮮時代における民衆劇のこのような特徴が生かされていた。

また、「鎮悪鬼」には、「幕」とか「場」という一般的な戯曲に見られる構成の仕切りはないものの、解説者が時々登場し、劇の進行を進める役割をしている。この解説者は、観衆に直接話しかけるという行為を通して、民衆が直面している現実社会の矛盾を訴えたり、民衆の自覚を求めたりする発言を行うが、このような解説者の直接的な介入も、伝統的な民俗劇と共通するところである。

以上の検討を通して、キム・ジハの戯曲「鎮悪鬼」は、民衆文化が盛んに行なわれた朝鮮時代後期の民衆芸術を総合的に捉え、現代の民衆劇に継承している作品であることが分かる。次には、「鎮悪鬼」の作品分析に入って、その内容について検討することにしたい。

(2)「鎮悪鬼(チノギ)」

先述した「銅のイ・スンシン」と「金冠のキリスト」が、都市貧民の生活を中心としていたことに対して、「鎮悪鬼」は、農村で暮らす人々の有り様を描いた作品である。当時、キム・ジハは、原州(ウォンジュ)のカトリック教会で、社会開発委員会の企画委員として活動しており、特に「協業」という共同事業に積極的だった。戯曲「鎮悪鬼」には、このような作者キムの体験をもとにした「協業」が主な内容となっている。

また、「鎮悪鬼」を除いた四つの戯曲が、都市貧民という無産階級と有産階級とを、経済的な対立関係として捉えたことに対して、「鎮悪鬼」では、貧農、中農、富農という経済的な格差を持つ人々が全部、一つの農村共同体を共に支えるものとして捉えられている。登場人物である貧農の「マルトック」、中農の「テテ」と「ケドチ」、富農の「マンマックテゴル」が、最初は、それぞれ自分の目の前の利益だけを考えることで意見の分裂を見せるが、最終的には、洪水という災害に見舞われることによって、皆が力を合わせ、農村共同体を再建していくことに同意する。富農の「マンマックテゴル」も、洪水によって崩れた堤防を新たに築くためには、共同の力が必要であることを遂に認めるのであった。

「鎮悪鬼」には、農民たちにおける共通の敵、「小農鬼」・「外穀鬼」・「水害鬼」という鬼(「トッケビ」と呼ばれる韓国の鬼のこと)が登場する。農民を苦しめるあらゆる社会的体制や災害を「鬼」という象徴的なものとして表現したのは、キムが譚詩「五賊」の中で、支配者たちを「獣」に例えたことと通じる比喩であろう。この鬼たちは、それぞれ自分の持っている特技を自慢することで自己紹介をするが、その特技こそ、農民を苦しめる内容一色であった。即ち、「小農鬼」は、小農経営・小作制・篤農家の投機・封建制維持が、「外穀鬼」は、外国穀物の輸入・低穀価・不等価交換・貨幣経済が、また「水害鬼」は、水害・旱害・病虫害・延滞利子・高利が、それぞれの特技だったのである。実際、1950年代後半から1960年代における韓国の農村は、小作制を初めとする封建制の残存やインフレーションの影響、それから、工業中心の不均衡な経済発展によって、様々な問題を抱えている状態であった。その上、外国から輸入される低価格の農産物や家畜は、ますます農民の経済的な基盤を揺るがす一つの要因となった。結局、「鎮悪鬼」の中に登場する三つの鬼とは、自然的な災害、それから、国内における封建制や外国からの経済的な侵蝕を、それぞれ象徴するものであった。

「鎮悪鬼」は、上述した三つの鬼と農民たちとの格闘がその中心内容を成すが、農民たちに開かれた道は決して容易なものではなかった。漸く、協業の成果が少し見えはじめた頃、洪水によって今までの努力は無駄になってしまい、洪水による被害は小作制や外国からの農作物の輸入という悪循環を促す。しかし、そのような不遇の中でも、自分の運命は自分の力で開いていこうとする農民たちの意志が、彼ら自身を救う原動力になっていく。特に、鬼たちに向って戦おうとする農民たちの姿は、貧困を唯の運命だと思って諦めかけていた今までの雰囲気を一変させる。農民が、自分らにおける貧困を運命だとしか捉えられなかった背景には、儒教的な因習に基づく封建的な思考——例えば、儒教に基づく身分制によって、自分の運命は変えることが出来ない、既に決められているものだという受動的な考え方——が、農村社会に根強く存在していたからであろう。

特に、作品の中には、富農の「マンマックテゴル」の娘であり、「ケドチ」の恋人である「プニ」という女性が登場するが、鬼たちは「プニ」を、一生、台所に縛り付けられて暮らすしかない惨めな存在だと見下す。また、「プニ」自身も、宿命のように感じられる自分の姿を悲しむのである。韓国の中での農村、その中でも女性は、誰よりも封建制による社会的な差別と矛盾を甘受しなければならない立場にあった。しかし、最終的には、そのような「プニ」を初め、農民の皆が自分たちの運命を変えようと決心するところで、「鎮悪鬼」における新たな兆しは見られるのであった。

(3)「ソリグッ・アグ」

「ソリグッ・アグ」は、外国の資本に一方的に頼ることで、経済的に侵蝕されていく1960年代の韓国を背景とする戯曲である。1961年5月、軍事クーデターで政権を掌握したパク・ジョンヒは、1962年から「第1次経済開発5ヵ年計画」を実行するなどの経済成長を目論んだ。しかし、朝鮮戦争の休戦が調印された1953年以来韓国の経済は、海外からの援助に頼った部分が多く、経済的な自立が出来ない状態であった。そのような状態の中でパク政権は、「第1次経済開発5ヵ年計画」にかかる資金の大部分を、海外からの借款で賄うことにする。特に、1965年に行なわれた韓日協定の調印によって、3億の借款を含む総規模8億ドルに至る経済的な援助を日本から受け入れることになったのである[28]。

海外からの借款と、それに伴われる海外からの輸入は増加していくばかりであり、韓国経済は、対外依存的な構造から逃れることが出来なかった。また、当時は、韓国女性との遊びを目当てにした所謂「キーセン(妓生)観光」というものが存在し、日本からの観光客が少なくなかった。戯曲「ソリグッ・アグ」は、正にその「キーセン(妓生)観光」を素材とし、海外からの資本によって経済的に侵蝕されていく1960年代後半

---

28) 歴史学研究所『講座韓国近現代史』プルビッ、1995年p324

の韓国社会を象徴化した作品であった。

まず、登場人物たちを見ると、韓国の女子工員と女子大生、日本人社長、それから、韓国民衆の代表である「アグ」と「ゼビ」の五人がいる。幕が上がると、韓国の女子工員と女子大生が踊っているところに、札束を担ぎ込んだ日本人社長が現れ、彼女たちと一緒に踊り始める。また、その後を継いで、「アグ」と「ゼビ」が登場する。

「アグ」と「ゼビ」は、女子工員と女子大生が日本人社長の経済力に支配されていることに気づき、日本人社長から彼女たちを取り戻そうとする。初めに「アグ」と「ゼビ」は、お金で日本人社長との勝負を試みるが、お金といえば、小銭一つ見つけることが精々であった。小銭を差し出す二人に、日本人社長は次のような返事をする。

社長

(女たちに金の束を渡しながら)やめて、やめて、やめて。

やめてくれ、やめてくれ／馬鹿なまねやめてくれ／山を越え、海を越え／朝鮮の地に来た時／私が馬鹿じゃない限り／無一文で来たはずないだろう／銅貨、紙幣、手形、小切手／ドル、円、ルーブル、マルク／すべての策略あらゆる謀略／みんな持ち込んで来た時／ぺこぺこ頭を下げたのは／あなたたち以外に誰だったか／土地を払って、家を払っても／身を払って、心を払っても／ちょっとの利益さえ貰えば／あり、あり、ありがとうございますと／こんなにせびったのは／あなたたち以外に誰だったか／お腹空いていた者を救った／あなたたちの恩人は日本人なんだよ／あり、あり、ありがとう／千回も万回もありがとう／バカヤロウチョウセンジン／テンノウヘイカバンザイ——／やめてくれ、やめてくれ／馬鹿なまねやめてくれ(『トンタッキトンタック』p235～237)

引用した日本人社長の台詞は、1960年代後半の韓国と日本との関係を表す象徴的な内容として捉えられる。経済の多くを海外の資本に頼ることによって生じる屈辱的な対外関係、支配者たちの不正など、当時の状況を垣間見ることが出来るのである。

金を使った日本人社長との対決は、「アグ」と「ゼビ」の完敗に終わり、その上二人は、お金で日本人社長から買収される危機に直面する。しかし、金の威力に負けた二人は、また新たな方法を以って社長との対決に臨む。その方法とは、最初、幕が開いた時に披露された「踊り」を通しての対決であった。

そして、踊りでの対決を決めた「アグ」と「ゼビ」は、その対決に臨む前に「グッ」という儀式を行なう。もともと「グッ」というのは、神に身の安全や福を祈ったり、死霊を呼んだりする伝統的なシャーマニズムの儀式であり、儀式を主幹するのは、「巫ダン(ムダン)」という霊の能力を持った特別な人であった。「ソリグッ・アグ」では、「アグ」と「ゼビ」の二人が「グッ」という儀式を通して、昔、敵から朝鮮半島を守った将軍たちの名前を呼び、いわゆる守護神であるその先祖たちの力を借りようとする場面が見られる。伝統における民衆の信仰を、新たな形で作品の中に取り入れたのは、作者キム・ジハならではの仕組みだと言えるだろう。

最終的には、日本人社長からもらった札束で、「アグ」が踊りながら社長を殴り飛ばすと、社長はついに逃げてしまう。そして、勝利した「アグ」が、女子工員や女子大生を連れて去っていくことで話は終わる。

内容の全体的な脈略から見ると、「ソリグッ・アグ」は、韓国が海外の資本によって経済的に侵蝕されていく現状を指摘した作品である。その上、経済的に厳しい状況の中でも、民族的なプライドをなくさず生きていくことへの熱い期待感が見られる。そして、もう一つ、経済の威力によって押し潰されていく現代人の姿に対する作者の懸念が見受けられる。即ち、「キーセン(妓生)観光」を求めて韓国に来る側も、また、一部ではありながら意志的にその要求に応じる側も、結局は両方とも、「お金」という物質的な力に従属している現代の人々を象徴するからである。それから、キム・ジハの作品が自国中心の民族主義に止まらないと言えるのは、このような人間社会に対する普遍的なモラルを提示しているからではないかと考えられる。キムは、人間の価値をその人の持つ経済力によって決めてしまう物質万能主義的な思考を、強く拒否していた。そして、このような普遍的な問題においては、韓国人も、日本人も、誰一人例外になる者はいないと思っていた。「ソリグッ・アグ」では、日本人社長も、自分の個人的な利益のために日本人社長の提議を快く受け入れた韓国人の人々も、皆、批判されるべき対象だったのである。

3. 譚詩における「諷刺」と「諧謔」

3−1. 「譚詩」について

キム・ジハが、朝鮮時代後期の民衆文化に大きな関心を持っていたことについては、「2」の「戯曲」のところでも述べた内容であり、特に、仮面劇である「タルチュム」を受容する形で、戯曲「鎮悪鬼」や「ソリグック・アグ」の創作に至ったことも明らかにした。さらに、キムが、五編の戯曲を創作した1970年から死刑の判決を受けた1974年の間に同時に書かれた戯曲以外の作品として、大きな注目を受けているのが、「譚詩」という新しいジャンルの作品群である。

「譚詩」と呼ばれる作品の中には、当時の支配者たちを辛辣に諷刺したことで有名な「五賊」(1970年)を初め、「桜賊歌」(1971年)、「蜚語」(1972年)、「糞氏物語(後で、「糞の海」に改題される)」(1973年)、「五行」(1973年)がある。また、譚詩と呼ばれるこれらの作品群には、当時の軍事政権や経済力を通した日本の新植民主義に対する批判を含んだ、諷刺的な内容が多かった。そのような理由でキムは、当時の政権からの厳しい監視を受ける身になり、結局、「反共法[29]」違反によって逮捕される始末になる。このような理由で譚詩群は、独裁政権に対抗した政治的な作品として一般的に知られてきた。

常に「政治」というイメージしか持つことが出来なかった譚詩が、文学作品として分析されるようになったのは、譚詩というジャンルに注目した研究者たちの作業によると言えよう。即ち、1980年代に入ってから、「ジャンルの実験と伝統ジャンル」のオ・セヨン[30]や「反逆の精神と人間解放の精神」のキム・ゼホン[31]などによって、文学ジャンルにおける「譚詩」の位置とその定義が論じられたが、オが譚詩を「叙情様式の短編パンソリ」としていることに対して、キムは「個人創作短編叙事詩」と定義づけるなど、譚詩に対するジャンルとしての規定は一つに纏まらなかった。このような、研究者たちにおける見解の違いは、譚詩が叙情様式や叙事様式の特徴を両方持つことに基づく。即ち、譚詩には、韓国人における独特な情緒を表す韻律が存在することで叙情様式の特徴を持つ一方、ある一つのストーリーによって話が展開されることや、個人における主観的な感想が述べられていないことなどの叙事様式としての特徴も持っているのである。このような特徴を持つ譚詩は、西

29) 共産系列の活動に参加、または、その活動を手助けした人に対する処罰を規定した韓国の法律。(1961年7月3日、法律第643号)1980年12月31日、法律第3318号によって廃止される。

30)『作家世界』1989年秋号。

31)『作家世界』1989年秋号。

欧文学の概念に基づく「バラード」、または「物語詩」とも命名されてきたが、何より、作者であるキム・ジハ本人は、自分の譚詩をどう定義づけているのだろうか。

譚詩全集である『五賊』(ソル出版社、1993年)の序文の中で、キム・ジハは、「譚詩」を「短形パンソリ」だと命名している。このような定義づけを通してまず分かるのは、キムが、「譚詩」と「パンソリ」との関連性に重点をおいていることであろう。勿論、キムの譚詩とパンソリとの関連性については、既に、多くの研究者たちによって検討されてきたが[32)]、ここではまず、パンソリの歴史や構造などの全体的な性格を捉えることで、譚詩とパンソリとの間に見られる共通性について考えたい。

(1)「譚詩」と「パンソリ」

パンソリの特徴を捉えるために、まずは下の引用文を通して、パンソリが発生した時代的・社会的な背景を見ることにする。

> 朝鮮社会(1392～1910：訳者・ホン)は後期に入り、戦乱やそれに度重なる凶年によって、国家財政は底を突き、百姓たちの生活は塗炭の苦しみを味わう。このような状況の中でも支配層は、栄達のための党争や民衆を搾取して個人的な利益を求めることに夢中だった。全ての貧しさと苦しみは民衆のものであった。(中略)パンソリ発生の背景は、朝鮮後期の政治的・社会的な理念と制度が、それ以上社会を統御する力を喪失するようになった過程と一致する。封建体制の最も直接的で

32) キム・ジハの譚詩とパンソリとの関連性について論じた研究としては、ヨン・ムウンの「叙事詩の可能性と問題点」(『民族文学の現段階Ⅰ』創作と批評社、1982年)、イム・ジンテックの「生きているパンソリ」(『民衆演戯の創造』創作と批評社、1990年)、キム・ジュンオの『韓国現代ジャンル批評論』、カン・ヨンミの「金芝河譚詩のパンソリ受容様相研究」(高麗大学校修士論文、1995年)、チャ・チャンリョンの「金芝河の譚詩研究」(中央大学校修士論文、1996年)などがある。

深刻な被害者であった広大たちは、本能的に、封建社会の矛盾を表す一方、自分たちに襲ってくる桎梏を破ろうとする傾向があったはずである。18世紀に入ってから広大たちは、簡素な演芸の方法を取って、説話や民潭、または道端の話を、長短(「チャンダン」、拍子のこと：訳者・ホン)に合わせて歌うことになった。そして、この広大の歌が民衆からの好評を受け、広がる中で、農民たちの生活ぶりを反映することになる。その上、広大や文人たちの出会いによって、パンソリの内容は整備されるようになる。[33)]

パンソリの歌い手である「広大(クァンデ)」は、もともと朝鮮半島の南部地方である全羅道(ゾンラド)の「丹骨(タンゴル)巫家」の出身であり、パンソリの発生は彼らが歌った「叙事巫歌」から始まったといわれる。しかし、朝鮮後期における民衆意識の成長によって、宗教的・観念的な内容であった「叙事巫歌」は、民衆の日常生活における具体的・現実的な性格を持つ「パンソリ」へと変わっていく[34)]。民衆意識が高まることにつれて彼らは、自分たちが直面した現実を歌の内容に反映するようになり、ついにパンソリは生み出される。そして、上述した、パンソリにおける現実社会の反映と民衆意識の成長こそ、譚詩の作者であるキム・ジハが注目したところであった。

キム・ジハは譚詩を通して、1960,70年代における支配層の不正を諷刺したが、これは、当時の現実社会を歌の中に反映したパンソリの時代意識と共通するものだと言えよう。また、個人の日常的な問題ではなく、社会における共同体としての民衆の話であることに共通の意義を持つ。勿論、パンソリと譚詩には相違点も存在する。本来のパンソ

---

33) チェ・ウン他『韓国の劇芸術』清文閣、1996年p140,141
34) チョ・ドンイル「パンソリの全般的な性格」『パンソリの理解』創作と批評、1978年を参考にする。

リが、民衆の間に伝わる民潭など、長年にわたって蓄積された話を基に作られたことに対して、譚詩は、確固たる意図を持った、一人の詩人によって創作されたという点がそれである。これは、1960,70年代の韓国社会における民衆運動が、最初は、知識人や大学生、また、キリスト教関連の宗教団体が主導になって行われたという時代的な背景の違いを示すものでもあろう。しかし、譚詩の中に現実に対する認識や民衆意識が欠けているとは言えず、特に、民衆の中の一員として生きていこうとした作者キム・ジハの姿には、独断的な態度は見受けられない。このような、民衆の中の一人としていつづけようとするキム・ジハの姿に関しては、「譚詩の創作背景」のところなどで、より具体的に見ることが出来ると思う。

それから、次はパンソリの構造を検討することで、譚詩との共通点について考えたい。まず、パンソリは、「アニリ」と呼ばれる語りと「唱(チャン)」と呼ばれる歌の繰り返しによって、そのストーリーが展開されていく。即ち、「アニリ—唱(チャン)—アニリ—唱(チャン)—アニリ—唱(チャン)……アニリ」という形で話が進むのである。

中でも、まず「唱(チャン)」は、その漢字からも推測できるように、リズムをつけて「歌う」ことを意味する。キム・ジハの「譚詩」の中でも、「五賊」、「ソリの来歴(「蜚語」の第1部)」、「糞の海」(ソウル・レコード、1994年)はイム・ジンテック——既に、「2−2. (1)」でも述べたが、「マダン劇」に対する定義づけをした人でもある——によって歌われ、「金芝河創作パンソリ」という形でＣＤ化されているが、これは、譚詩における音楽性、即ち、「唱(チャン)」の特徴を示すための作業だったと言えよう。

パンソリはその内容によって様々な旋律とリズムを作っているが、たとえば、ゆったりとした平安な雰囲気には「平調」が、また、哀切な雰囲気には「界面調」がそれぞれの場面に使われる。西欧の音階に例えると、「平調」は長調に、「界面調」は短調に当たると言える。

また、拍子の速さや強弱を表す「長短(チャンダン)」によってもパンソリにおける雰囲気は変わっていく。長短は、歌い手である「広大」ではなく、鼓を扱う「鼓手(コス)」という奏者によって担当されるが、鼓手は、鼓で歌の拍子を合わせることで、パンソリの内容に相応しい適切な雰囲気を作るのである。長短は、一番拍子の遅い「チニャン調」から、「チュンモリ」・「チュンチュンモリ」・「ザジンモリ」・「フィモリ」などの順に分類され、ある時は明るくて朗らかな、ある時は緊迫感のある場面を演出する。

そして、上述したパンソリの音調と「長短(チャンダン)」による雰囲気づくりは、イム・ジンテックによって歌われた譚詩においても同じく見られる。たとえば譚詩「蜚語(「ソリ来歴の第1部」)の中で、主人公のアンドが濡れ衣を着せられ監獄に入れられる場面では、とても哀切で、悲しい雰囲気の「界面調」の音調や「チニャン調」の拍子が使われている。また、「糞の海」で、民衆の敵である「糞三寸待」がイ・スンシンの銅像から落ちてくるクライマックスの場面は、「平調」に「フィモリ」が使われている。

それから、このように「唱(チャン)」が、パンソリの内容に合うリズミカルな雰囲気を作ることに対して、「アニリ」は、決まったリズムなしで、日常の話しぶりで自由にしゃべりながら、作中人物の独白・心理描写・時間の経過・劇的状況の変化などを説明する。また、「アニリ」は、広大が一つの「唱(チャン)」を終えて、また次の「唱(チャン)」に入る間の休憩のようなものでもある。

このように、パンソリには、一つのストーリーを持った物語という文学性だけではなく、「唱(チャン)」という音楽性が伴っている。研究者の中では、パンソリにおける劇的な要素までをパンソリにおける特徴として取り入れている場合もあるが、広大一人による簡単な仕種(「バリム」または「ノルムセ」という)と表情の演技が存在するぐらいで、それを演劇の要素として見るには足りない部分が多いというのが一般的な評価である。

譚詩の作者であるキム・ジハは、パンソリの発生時期に見られる民衆の社会認識に触発され、パンソリの文学的・音楽的な要素を譚詩の中に取り入れたと考えられる。その上、キムは、譚詩の中に、日本の軍歌や「セマウル運動の歌」などを取り入れることで[35]、1960,70年代における時代的な雰囲気を反映しようとした。

(2) キム・ジハの創作意図

①複文構造

キム・ジハは、1963年頃、チョ・ドンイル、シム・ウソンが中心となった「我が文化研究会」に参加しながら、民謡、パンソリ、巫俗、タルチュムなどの民衆芸術に触れるようになった。彼は伝統文化に接するうち、民謡の節やリズム、伝統的な文学と大衆芸能に関心を持つが、そのような影響によって彼の文学にも新たな変化が見られるようになった。パンソリと譚詩との関係については既に検討しているが、キム自身の表現からも、彼が、「譚詩」の形式をパンソリから借りたことが分かる。その形式というのは具体的に何を指しているのか、1985年、チェ・イルナム(최일남 催一南)との対談の中で、キムは次のような話をしている。

---

35) 日本の軍歌は「糞の海」に、セマウル運動の歌は「五行」に取り入れられている。
「セマウル運動」とは、パク・ジョンヒ政権によって主導された経済開発計画の一環として行われた国民的な運動であり、「セマウル運動」の「セマウル」とは、新しい町という意味である。

たとえば、ユン・フンギル(윤흥길 伊興吉)とかファン・ソギョン(황석영 黄皙暎)[36]の小説のどのページを開いてみてもこの 問題と出会います。文章が全て短文構造になっているということです。…た、…た、という形で終わっています。例を挙げてみましょうか。'キム・ジハ、彼は右手にボールペンを持って、《飯》という本を読んでいた。部屋の中には暫く沈黙があった'という調子です。生きている民衆というのは、その中の一人が共に行動を起こしながら、それを見張り、記録するものなのです。ところが先の例は、言葉をスティール(still)化し、一行一行を冷凍化しています。作家のプロットによって一つ一つの事物と対象の動きを煉瓦の積み上げのように積んで行く築造的な方法を使っています。これは根源的には非文学的です。(中略)しかし、現行の文体は生動感を無くし、民衆の全ての行動を煉瓦造りの家みたいにしています。文体を語り体にしなければなりません。[37]

上の文から、キムが、生きている民衆を表現するために、伝統的な文学様式であるパンソリから「複文構造」というものを思いついたことが分かる。複文構造を持つパンソリの語り体は、ある特定のリズムをもち、文章に生き生きとした躍動感を与える。日本の俳句が、5・7・5の音数律で詩歌のリズム感を生かしているここと同様に、韓国の叙事民謡の場合、4・4と言った四つの音が基調となるのが、その特徴である。キムは、伝統的な文化に触れる中で、パンソリの複文構造に見られるリズム感にヒントを得、従来の現代詩にはなかった、「譚詩」という新しい形式を作った。

引用文の中でキムも話しているように、譚詩の創作背景には、共に

36) 二人とも、韓国の「分断」と「民衆」を主な主題としている小説家である。
37) 「民衆は生動する実体」『民族の声、民衆の声』東光出版社、1985年p219から引用。

行動し、共に分ち合う、民衆の共同体意識が強く感じられる。そして、そのような民衆の共同体意識及び、主体性への自覚は、譚詩の作品群に見られる「諷刺と諧謔」の精神と深い関わりを持つのである。パンソリは、民衆の「諷刺と諧謔」の精神を反映する文学として知られているが、これに対してキムはどのように理解していたのか、それを次に検討する。

②諷刺と諧謔

「諷刺かそれとも自殺か」(1970年)という評論においてキム・ジハは、当時の韓国社会に対する文学者としての認識や表現とともに、「諷刺」や「諧謔」の精神について述べている。「諷刺」と「諧謔」は、二つとも笑いを誘う表現ということで共通しているが、ここではまず、「諷刺」と「諧謔」という二つの言葉が持つ具体的な意味について考えたいと思う。

イ・サンソップ(이상섭)の『文学批評用語辞典』によると、「諷刺」とは次のような意味を持つ。

> 大体の文学ジャンルがそうであるように、諷刺も原始時代には呪文の一つだったという。即ち、<u>敵に対する呪いの一つの形態</u>として効果的な言葉によって、敵を愚かなものにしてしまう方法であったのである。(下線訳者・ホン)[38)]

それに対して「諧謔」とは、

> ユーモア(「諧謔」の訳語として使われている:訳者・ホン)は、性格的、気質的なものである反面、ウィット(「機智」の訳語として使われている:訳者・ホン)は知的なものであると言える。従って、ユーモ

38) イ・サンソップ『文学批評用語辞典』、民音社、1976年p280

アは、態度、動作、表情、話し振りなどに幅広く表れるが、ウィットは言語的な表現を離れては存在しない。ユーモアは、仲間の人間に対し、善意を持って、相手の弱点、過ち、不足を快く認めあう共感の態度であるが、ウィットは、互いに違う物事から、他の人が見ることの出来ない類似点を見つけ出し、それを警句か格言のような圧縮された、それから、纏まった言葉で表現する知的能力である。[39)]

(下線訳者・ホン)

「諧謔」が「ユーモア」に翻訳された上、「ウィット」と対照的な形として説明されているため、「諷刺」と「諧謔」の意味が捉え難くなっているかも知れない。だが、私が引用文に下線を付して強調したよう、「諷刺」がある種の敵に向けた表現であることに対して、「諧謔」は仲間の人間への共感を示す表現であり、そこに両者の違いが見られる。そして、キム・ジハは、「戯曲」や「譚詩」を通して、不正を行う支配者たちを「諷刺」すると同時に、社会体制の矛盾によって自由な発言が不可能になり、経済的な困難から逃れることが出来なかった民衆を「諧謔」の姿勢で描いたと言える。

また、「諷刺」と「諧謔」の意味において注目したいのは、「諧謔」が仲間の人間に対する共感を持つことと同じく、「諷刺」は、攻撃の対象になるものに対する共通の敵意と優越感が前提になっていることである。そして、キムは、民衆の一員として、民衆における諷刺と諧謔の精神を表現したと考えられる。

1970年代におけるキムの「戯曲」と「譚詩」は、上述した諷刺と諧謔の精神が共に反映されているが、敢えて区別するとすれば、「戯曲」には諧謔の要素が、「譚詩」には諷刺の要素が多く見られる。このような違いは、「戯曲」が民衆の直面した不運な現実を告発していることに、ま

39) イ・サンソップ『文学批評用語辞典』、民音社、1976年p290

た、「譚詩」が民衆を苦しめる支配階級や社会体制の矛盾を揶揄することに、それぞれの創作意図があったからではないだろうか。

だが、キムは、譚詩における創作意図が支配階級に対する諷刺だとしても、その諷刺を行う主体はあくまでも民衆であることを明らかにしている。即ち、「対象に対する優越感と嘲笑は、それを批判する民衆の自己肯定を土台にしてからこそ可能である[40)]」とキムは述べているのである。キム・ジハの表現を通して見ると、諧謔であれ、諷刺であれ、その究極的な目的は、「民衆」における自己肯定である。そして、そのような民衆に対する信頼と期待を基に、キムは譚詩の創作に挑んだと見られる。次には、それぞれの作品分析を通して、譚詩の中に込められた作者の思いについて、より具体的に検討することにする。

3−2.「譚詩」の作品分析

1980年代においてもキム・ジハは三つの譚詩(「キム・フンドゥルの物語」、「長靴」、「この照りこんだ日に雨雲」)を創作するが、収監生活の体験と時間的な経過に伴う彼の思想的な変化を考慮する中で、ここでは、敢えて1970年代に書かれた五篇の作品だけを分析の対象にする。また、テキストにおいては、ソル出版社から刊行された、キム・ジハ譚詩全集『五賊』(1994年)を基にする。

まず、五篇の作品に共通する点と言えば、民衆側と、その民衆と敵対関係を持つ支配者側が登場することである。そして、「蜚語」の第1部である「ソリ来歴」を除くと、民衆に対する描写より支配者側への諷刺

40) 「諷刺かそれとも自殺か」(1970)——『民族の歌、民衆の歌』東光出版社、1984年p188から引用。

がその主な内容を成している。結末においては、不正を行った支配者が、自然的な災害あるいは民衆の力によって滅亡することもその共通点であろう。

ここでは、次の<表2>を参考にしながら、譚詩の作品分析に入りたいと思う。各作品の創作背景やストーリー、また作品に使われたあらゆる表現を通して、譚詩における作者キムの創作意図を明らかにしていく。

<表2>

作品名	民衆の敵	中間官吏	民衆	結末	主な社会的問題
五賊	五賊(財閥・国会議員・高級公務員・将星・長次官)	捕盗大将	クェス(離農民・都市貧民)	捕盗大将が雷に打たれて急死。五賊の滅亡。	支配層の不正。
桜賊歌	桜君	クォッセ(桜君の下僕)	民衆	民衆の攻撃を受けて、桜君が死ぬ。	野党政治家の不正。
蜚語 **① ソリ来歴**	金や権力を持つ一部の人々		アンド(離農民・都市貧民)	アンドの怨霊が一部人間を脅かす。	離農民の現実。
② 尻観	尻観			尻観の逃亡。	支配層の女性スキャンダル。
③ 六穴砲崇拝	姙禽		キリスト教信者、カトリック信者	姙禽側の滅亡。	言論自由の弾圧。
糞の海 (原題:「糞氏物語」)	糞三寸待	金烏也、権烏也、武烏也	労働者、農作人、日雇い	糞の海に落ちていく糞三寸待。	日本の経済力による新植民主義、支配層の不正。
五行	老桜王(維新新村の支配者)			老桜王が雷に打たれて死ぬ。	独裁政権の維新体制。

(1)「五賊」

「五賊」における五賊とは、文字通りに理解すれば、五つの盗賊になる。しかし、韓国の歴史上における五賊とは、1905年、第2次韓日協約に調印し、外交権をはじめ国家主権を日本に譲渡し植民地への転落の道を開いた五人の大臣、即ち、「乙巳五賊(ウルサオゾク)[41]」のことをいう。キム・ジハは譚詩「五賊」を通して、韓国の近代化の中で売国奴という不名誉を負わされた五人の大臣のことを比喩し、当時の政治関係者たちを諷刺したのであった。当時の政治関係者たちとは、1964年、戦後の韓日外交の成立以来、韓国を日本の経済的な属国の道へ陥れたのではないかと恐れられた、財閥・国会議員・高級公務員・将星・長次官を指す。しかし、キムは、財閥・国会議員・高級公務員・将星・長次官をそのまま記述した訳ではなく、同音異義語の漢字を使って、五賊をそれぞれ、犬や猿などの獣に例えることで、彼らを揶揄していたことが分かる。

まず、譚詩「五賊」を見ると、五賊たちが集まって自分らの泥棒の技を競う大会の場面から話が始まる。そして、最初に登場する泥棒に対する描写は次のようである。

---

41) カン・ゼオン(강재언 姜在彦)の『新編 韓国近代史研究』(図書出版ハンウル、1989 年p280)には、当時の状況が次のように書かれている。
「(前略)韓国政府の閣僚会議は、小山憲兵隊長の引率する日本の憲兵隊に包囲されたまま行われた。そして、韓国駐在日本公使の林権助、朝鮮駐屯軍司令官の長谷川好道を同伴した伊藤博文が参加し、閣僚一人ひとりに対する個別的な尋問によって採決する前代未門の方法で、1905年11月17日、'保護条約'は造作された。この時、参政大臣の韓圭卨が締結の結果に反対し、監禁されることになる。大臣の中で、積極的に賛成したのは李完用(学務大臣)だけだったにも関わらず、伊藤の脅迫を恐れて曖昧な態度を取った朴斎純(外務大臣)、李址鎔(内務大臣)、李根沢(軍務大臣)、権重顕(農商工部大臣)も賛成した形になり、彼らは、'乙巳五賊'として、韓国国民の恨みと嘆息の対象になった」

> 一番目の泥棒が出てくる、財閥というやつが出てくる
> お金で作った服を着て、お金で作った帽子を被って、お金で作った靴を履いて、お金で作った手袋をして
> 金の時計、金の指輪、金のブレスレット、金のボタン、金のネクタイピン、金のカフスボタン、金のバックル、金の入れ歯、金の指爪、金の足指爪、金のチャック、金の時計紐
> (『五賊』p28)

一番目の泥棒である財閥は、体中をお金や金で纏って登場する。勿論、お金で作った服と帽子は実際存在するものではない。また、時計とか指輪といったアクセサリーだけではなく、それに続く金の入れ歯とか金の指爪などの叙述は、財閥の華麗な姿を羨望するというよりは、彼らを馬鹿にする誇張の表現だと言えよう。

また、キムは、五賊の派手な生活ぶりだけではなく、当時の社会におけるあらゆる事件や事故を示すことで、支配者側における不正に対して正鵠を射る。

> 革命だ、旧悪は新悪に！改造だ、不正蓄財は蓄財不正に！
> 近代化だ、不正選挙は選挙不正に！重農だ、貧農は離農に！
> 建設だ、全ての家は臥牛式に！社会浄化だ、鄭仁淑を、鄭仁淑を徹頭徹尾見習え！
> (『五賊』p29)

革命や改造、近代化と言っても、結局、変わることは何一つなく、昔のままである。イ・スンマン政権の後を継いで、新しい革命を主張していたパク・ジョンヒ政権も、その実像と言えば、旧悪を新悪に変えるくらいのものであり、本質的な改革は何一つ出来なかったことを

作者キムは痛烈に批判する。中でも、1970年4月8日、手抜き工事が原因で崩壊した「臥牛(ワウ)アパート」事件や、1970年3月17日、「チョン・インスック(정인숙 鄭仁淑)」という女性の銃殺事件で明らかになった、高管たちの絡んだ女性スキャンダルは、当時の世の中を騒がした大きな事件であった。実在したそのような事件を、意図的に書き入れることで、支配者側に対するキムの諷刺は、一層、人々の強い共感を得ることが出来たと思われる。また、

> 昔も大昔、十月の三日月の日、白頭山(朝鮮半島の中で一番高い山、北朝鮮に所在している：訳者・ホン)を頂点に国が建った以来
> 臍で見て、肛門で聞いた話の中では一番
> 我東邦(朝鮮半島が中国の東側にあるという意から：訳者・ホン)が只今、檀君(韓国の始祖と呼ばれる人：訳者・ホン)以来一番
> 一番の太平、太平、太平聖代
> 何の貧しさがあるのか泥棒がいるのか
> 食い飽きた農民は腹一杯になって死ぬのが当たり前
> シルクの服に飽きて、四季じゅう裸(『五賊』p26)
> 五賊のこのような絶倫な技を見物していた鬼たちが
> ビックリして、アッ、熱い、あいつらに捕まったら、骨も拾えない
> 逃げ出してしまったので、最近は先祖を祭る人も稀であるとか。
>
> (『五賊』p33)

などの反語法と、誇張の表現を通して、五賊の強暴さを象徴的に表現している。建国以来の最高の太平聖代という表現は勿論、軍事独裁政権下の最悪の状態に対する強調と皮肉である。食べ物や履き物に飽きたという表現も、基本的な生活を維持することも難しかった当時の民衆の生活に対する反語的な表現である。その上、五賊の泥棒わざに

鬼たちも逃げてしまうという描写は、笑いを誘う一つの仕掛けだと言える。それから、引用した全ての話が、「臍で見て、肛門で聞いた話」であることに、譚詩におけるもう一つの妙味がある。当然なことでありながら、臍や肛門で何かを見たり、聞いたりすることは出来ない。本来なら、目や耳の持つ機能を、それとは全く違う性質の臍や肛門に代置することで、より強烈的な違和感を与えている。このような人間の肉体を使ったグロテスクな描写は、「パンソリ」の表現と共通するものでもあった。

また、キムの諷刺は、支配者側である五賊だけではなく、中間官吏として登場する「捕盗大将(ポドデジャン)[42]」においても同じく見られる。

> 捕盗大将、あまりも嬉しくて自分の膝を叩いたら
> どれほど荒々しく叩いたのか、膝の骨が砕けてしまった(『五賊』p37)
> 口開けてしまったまま閉めようともせず、捕盗大将、唾をだらだらと垂らしながら言うのが、
> あれが全部盗みで集めた財産なのか
> こんなことになると分かっていたら、私も最初から泥棒になったらよかったのに
> 悔しい悔しい良心という二文字が悔しい(『五賊』p41,42)

五賊を捕まえて処罰するべき使命を持った「捕盗大将」が、自分の責任を忘れたまま、五賊の豪華な生活に気を取られて、罪のない「クェス」に濡れ衣を着せる場面は、社会の隅々までもが腐敗していた、当時の韓国社会全般を諷刺する内容だと言えよう。

---

42) 朝鮮時代、犯罪者を逮捕するために設置された官庁である「捕盗庁」の主将。譚詩「五賊」では、現代の警察を象徴する。

(2) 桜賊歌

譚詩「桜賊歌」は、「桜君」という人物が処世術を勉強しているところ、「桜子」という聖人と出会うことから話が始まる。桜子は、「木姓が栄えると木姓に近寄り、金姓が栄えると金姓に近寄る」という「両弓の桜道」を桜君に教える。韓国において桜とは、詐欺師、その中でも特に、与党側から金をもらうことで親密な関係を保つ野党の政治家を指す意味を持っているが、「桜賊歌」に見られる「両弓の桜道」というのは、まさに「昼は野党、夜は与党」といわれた、当時の野党政治家に対する皮肉である。

当時、政権の政策方針に従わなかった野党政治家たちは、「中央情報部[43]」というところに呼ばれて拷問されるか、または、いわゆる政治資金で買収されたといわれるが[44]、独裁政権に対抗し、民衆の側に立つべき野党政治家が、民衆を裏切って与党側に立ったという情けない現実が、この作品の背景には存在していた。

最後に桜君は、自分の下僕であるクォッセの裏切りによって民衆に追われ、死を迎える始末になるが、「桜賊歌」の中には、独裁政権に対抗せず腐敗していく、韓国社会全体に対する作者の懸念が感じられる。

---

43) カン・マンギル(강만길 姜万吉)『書きなおした、韓国現代史』創作と批評社、1994p235
「軍事政権における権力構造の特徴の一つは、中央情報部の設置(1961年6月10日)に見られる。政変(1960年5月16日に起きた軍事クーデタ：訳者)の首謀者の一人であるキム・ゾンピル(김종필 金鐘泌)が中心になって、“国家安全保障に関連する国内外情報の状況及び、犯罪捜査、軍を含む政府各部の情報捜査活動を調整・監督”するために設置した中央情報部は、莫大な要員と人材を使い、内密に運営された、軍事政権の核心であった。国内政治、反共政策及び対北朝鮮政策に対する、実質的な立案、執行機関であった」

44) 「政治資金」――『ハンギョレ新聞』1998年8月5日付

(3)「蜚語」

①「ソリ来歴」

「ソリ来歴」は70年代に書かれた譚詩群の中で、支配者への諷刺というより、被支配者としての民衆の現実に中心を置いた作品だと言える。まずは、民衆の代表として登場する「アンド(安道)」という人物に対する描写を見よう。

牛のようによく働き
鼠のように臆病で
羊のように温順であり
いわば法律がなくても十分生きていけるやつなのに
前世の悪縁なのか、不幸な運命なのか
何一つうまく行くことなく
出来そうでも結局はだめ
成りつつあるのにだめ
出来そうで出来そうで結局はだめ
結婚どころか恋愛もだめ、家どころか家賃もだめ
稼ぎもだめ、就職も出来そうで出来そうで結局はだめ
バックがなくてだめ、学歴がなくてだめ、保証金がなくてだめ、賄賂がなくてだめ
元金がなくてだめ、一人では商売もだめ、取られる金が多くてだめ
泣いてみてもだめ、身振り手振りしてもだめ、結局はだめ
目を怒らして立ち向かってもだめ、目を閉じて運命に任せても同じくだめ
首を括って死にたくても垂木がなくて仕方なく
練炭ガスで死のうとしたら、窓に隙間が多くて仕方なく
お酒に青酸カリ飲んで綺麗に死のうとしたら、酒を買う金がなくて仕方なくだめだめだめ

反抗もだめ叫びはもっともだめ暫く休むのは言うまでもなく絶対だめ
二足を地につけて立つのもだめ
一度でも度胸よく立ち向かうとしたら
あらゆる罪名が次々と付いてくるからだめ(『五賊』p49,50)

主人公のアンドが直面するあらゆる状況に対する描写と、「だめ」という言葉の反復を通して、私たちは、当時の都市貧民(ここでは特に、離農民)が味わったはずの、現実の厳しさを垣間見ることが出来る。大した技術を持っていなかった彼らは、何をやっても結局はうまく行かず、生計を維持することが精々であった。死にたくても死ねないという現実には、人間的な悲哀さえ感じられる。特に、「首を括って死にたくても垂木がなくて仕方なく／ 練炭ガスで死のうとしたら窓に隙間が多くて仕方なく／ お酒に青酸カリ飲んで綺麗に死のうとしたら、酒を買う金がなくて仕方なくだめだめだめ」という描写は、貧しさのあまり死ぬことも自分の意志では出来ないという涙ぐましい、でも、なんとなく笑いを誘う内容である。死のうとするアンドの姿にはどこか下手で、滑稽なところが感じられるし、また、そのような滑稽なところが、涙混じった笑いを引き出している。

何一つうまく出来ない自分に苛立ったアンドは、「糞たれ、この世の中！」と一言吐き出すが、しかし、その一言が理由で、アンドはあっけなく逮捕されてしまう。罪名は、「二足を地に付かせて、流言蜚語を言った」という荒唐無稽なものであった。「蜚語」という題目は、この罪名に基づく。ここでも作者は誇張した表現で、守られて当然の基本的な権利さえも自由に使えることが出来ない厳しい現実を反映させていた。実際、当時の軍事政府は、自分らの独裁政権を維持するため、度重なる衛戍令と戒厳令を敷いたので、民衆は発言や行動の自由を失い、不安に苛まれる日々を送ったと見られる[45]。

そして、逮捕されたアンドは、「これからは、流言蜚語を考えることも発音することも出来ないように一つの頭を、これからは、二足を地に付かせて不穏不遜に立ち向うことが出来ないように二つの足と、またこれからは、被告のような不穏な種子が繁殖出来ないように一つの生殖器と二つの睾丸を、裁判が終わり次第切断する」という判決を受ける。実際は、とてもあり得ない残虐な話であるが、結局、刑の執行によって胴体だけが残されたアンドは、収監された監獄の中でその胴体を転がし壁にぶつけ、ズシン、ズシンという音を出すことで心の悲しみと恨みを訴えるのであった。ズシン、ズシンという音で寝られなくなった一部の人々――お金や権力を持って悪用する――が、アンドを死刑にしても、そのズシン、ズシンという音だけは消えることなく、今でも響いているということで話は終わる。

私は、このズシンという音が、民衆の心における悲しみや恨みを代弁する、単純で鈍い響きだと考える。多くのことを語ることが出来ない現実の上、饒舌でうまく自己表現が出来ない民衆だったからこそ、捩る体によるこのような呻き声のようなものが、凄くリアリスティックに感じられるのではないだろうか。その上、消え去ることがない音は、民衆の強靭な生命力と威力を暗示する、効果音としての役割を果たしているように思われるのである。

②「尻観」

まず、題目である「尻観」という文字を見ると、そこにも、支配層に対する作者の揶揄が込められていることが分かる。即ち、「尻観」とは、韓国語で「高官(コーグァン)」と同音異義語であるが、勿論その意味は、「尻が観える」というふうに全く異なるものである。朝鮮半島の南北分

45) カン・マンギル『書き直した韓国現代史』創作と批評社、1994年p236,237を参考する。

断以後、韓国では、反共産主義の教育を通して、北朝鮮との緊張した関係を維持していた。「尻観」の最初の話には、「北朝鮮のスパイは、角や長い尻尾がついていて／ 手の甲は毛深く、体中が赤大根のように赤い／このような怪しい者を申告するか捕まえる人には賞金が与えられる」という内容が見られる。しかし、結末のところになると、「体中が赤くて、お尻の部分に長い尻尾が付いていた」のは、北朝鮮のスパイではなく、「尻観」自身であったことが判明する。これは正に、独裁政権を維持するために、政権に抵抗するあらゆる人々に北朝鮮のスパイという濡れ衣を着せた、当時の為政者たちに対する皮肉であろう。

譚詩「尻観」には、上述したような、為政者たちに対する皮肉とともに、社会の隅々にまで蔓延していた不正腐敗を指摘する声も含まれている。また、譚詩「尻観」は、「テヨンカック」という実在のホテルで起きた火災をその素材にしているが、死者が157名にも昇ったこの事件は、韓国の戦後史における最大の火災として記録されている[46]。そして、この火災をきっかけに、ホテルのずさんな火災防備の実態が明らかになった。

非常階段に行こう！
この頭の悪いやつ、この建物に非常階段なんかあるもんか？何で無いの？
へへ、金もらってコソコソ、知らないの？
屋上に行こう！
エイッ、馬鹿やろう、この建物の屋上の通路はひしと閉まっているよ！何で？
へへ、金払わなくて逃げると困るからね。
消火栓を開けろ！

46）「事件事故50年」――『朝鮮日報』1998年8月5日付

エイッ、出来そこないのやつ、それは空だよ！何で？
へへ、目隠しだからだよ
下に行こう！
エイッ、頭が非常事態的におかしくなったなあ、下に降りると即死だ！何で？
へへ、火が下から上に燃え上がること、知らないの？(『五賊』p70,71；傍点訳者・ホン)

不正な利益を残すために手抜き工事によって建てられたホテルは、火災という大事故の時、その実態を如実に表してしまった。それから、引用文の終わり部分に、「頭が非常事態的におかしくなった」というのは、非常事態といってよく戒厳令を下した当時の政権に対する皮肉であり、また、社会のあらゆる所まで蔓延している腐敗の気運を非難する過激な表現だと解釈できる。

③「六穴砲崇拝」

「六穴砲崇拝」の中に登場する「妊禽」は、王を表す韓国語の「イムグム」と同音である。男である「妊禽」が、青大将を妊娠するというとんでもない出来事でストーリーは展開される。占い師の話によると、「妊禽」の孕んだ青大将を堕胎させるためには、生きている人の肝を三千万個食べると良い、中でもキリスト教信者の生肝が一層効果があるという。ここに出る三千万個の肝というのは、当時の韓国民衆を表す象徴的な数字として見ることが出来るだろう。このように譚詩の中では、不正な為政者たちを揶揄するための方法として、彼らを人間ではない獣に例えていることが分かる。それも全部、グロテスクな形をした奇怪なものばかりであるのがその特徴である。

それから、「妊禽」がキリスト教信者の肝を狙ったというストーリーの背景には、1970年代の当時、労働者や農民の立場を擁護するための社会運動の多くが、教会関連の宗教団体を中心に行われたからだと考えられる。「都市産業宣教会」や「クリスチャン・アカデミー」が労働組合の闘争に力を合わせたことや、1972年に創立された「カトリック農民会」によって農民運動が活性化されたことなど、教会は民衆生活の深いところまで関わりを持っていた[47]。しかし、民衆の生活に関心を持ち、彼らの活動を支持するということは、当時の政権における多くの政策に対して反旗を翻すことでもあった。その意味で、社会活動に積極的であるカトリック、キリスト教信者たちは、為政者側にとって、目の上の瘤のような存在だったとも言える。「第三章」の「2－2. (2)」で戯曲「鎮悪鬼」について述べる中で、カトリック教と農民運動の関わりについて少し触れたが、1970年代の韓国では、カトリックやキリスト教を中心に、民衆に基づく社会運動が活性化されたことが、「六穴砲崇拝」を通して改めて確認される。

(4)「糞の海」(原題：「糞氏物語」)

登場人物の「糞三寸待」は、日本の経済力による、いわゆる「新植民主義」の象徴である。彼は、朝鮮時代以来、「東学革命」や「義兵」、「小作争議」などによって、自分の先祖たちが韓国の民衆から受けた羞恥の念に敵を討つために、朝鮮半島への進出を試みる。そのような「糞三寸待」に、ある日、「韓日親善民間訪韓団」の一員となって韓国に行く機会が訪れる。そして、次の引用文は、彼を迎えに来た韓国側の三人、「金烏也・権烏也・武烏也」に対するそれぞれの諷刺である。

金烏也というやつが歌う、

47) 歴史学研究所『講座 韓国近現代史』プルビッ、1995年p349～352

『投資投資投資投資／日本はお母さん、韓国は息子／お母さんが乳を飲ませるように、投資してくれ／合資もオーケー、単独もサンキュー／出血輸入、赤字収支、飢餓貿易、下請自衛、良い良い全部良い／技術料も労賃も私たちが皆出し／原料と決定権は貴方たちが全て持って／小作の監督だって、下人だって何でもいいよ／会社さえ何とか維持できれば／私一人でも日本のお陰で稼げば／おーおー、センセイ！偉大なる国民よ！／投資投資投資投資！』

権烏也が踊りながら、

『協力協力協力協力／日本はオヤブン、韓国はコブン／オヤブンが裏で世話するように、協力してくれ／矢次公の慧眼通り、東南海岸・ウルサン・マサン／関西工業圏に編入させて／大三菱の懐で重化学基地を育て／日本帝国軍需産業の下請けで、手先で／労働争議押さえつけて、反日感情規制して／税金は免除して、商標利権保護する／私の権力、私のポケットの中でそのまま維持さえ出来れば／おーおーセンセイ！偉大なる国民よ！協力協力協力協力！』

武烏也が長短(チャンダン)を打ちながら、

『安保安保安保安保／日本は上司、韓国は部下／上司が指揮するように、安保してくれ／一槍二刀三矢の計画で、韓国を保護して／マラッカ艦隊、玄海灘核軍、新関東軍も作って／米軍が立ち去る時、米軍代わりに韓国の安保／日本に頼らせる為に、自衛隊・他衛隊強化して／三菱、三井工業は全部軍需産業に強力転換／韓国と軍事同盟、内鮮一体してくれ／私の地位さえ永遠に守ってくれれば／おーおーセンセイ！偉大なる国民よ！／安保安保安保安保！』(『五賊』p171～174)

引用文の中に登場する「金烏也」、「権烏也」、「武烏也」の三人は、その名前からでも推測できるように、それぞれ、金力と権力、武力を掌握している韓国の支配層を象徴する。

引用文の構成から、作者キムは、彼ら三人を同じパターンに基づいて描写していることが分かる。たとえは、金烏也の場合、「投資投資投資投資」のように言葉を繰り返す。それから、「日本はお母さん、韓国は息子／お母さんが乳を飲ませるように、投資してくれ」と、日本と韓国を対照させ、また最後のところで、「おーおー、センセイ！偉大なる国民よ！」と繰り返して締めくくる。このような意図的な言葉の繰り返しと対照は、文章全体にあるリズム感を与えることで、重い主題による重圧感を幾らか軽減する働きもしている。

一方、「金烏也」、「権烏也」、「武烏也」から歓待してもらった「糞三寸待」は、益々上機嫌になる。そして、彼は、朝鮮半島での先祖たちの恨みを晴らすために、イ・スンシン将軍の銅像に登り、今まで我慢してきた「糞」を排泄し始める。それで、暫く経つと、韓国全土は「糞の海」になってしまうのである。しかし、最後には、糞で溢れ出す韓国全土を、民衆の象徴である農民や労働者と、学生たちが熱心に掃除していくことで話は終わる。

作品の最後のところで、語り手は次のようなことを述べている。

> 昔の話を聞いていると、このように滅びた者多く、糞三寸待一人だけではないが、死ぬことを分かっていながらも、糞に夢中で、糞を集め、糞を育む者がこの頃も絶えることないから、
> 本当に世の中のことは分からない！
> 多分、滅亡が魅惑であるというところに、解けないもう一つの糞の秘密があるに違いない
> だろう。(『五賊』p201)

「糞の海」の中で用いられている「糞」とは、物質万能主義や先進国志向主義などの経済力を優先とする思考、またある意味では、自分の安逸だけを求める利己主義的な態度までを含むものではないかと思われ

る。「糞の海」は、経済力を持って韓国に進出してきた日本の企業や、韓国女性を目当てにして遊びにくるいわゆる「妓生(キーセン)観光」の人々だけを批判するのではなく、日本の経済力に媚びて自分の利益を求めつづける韓国の人々までをも全部ひっくるめての揶揄であろう。内容は勿論、主題においても、前述した戯曲の「ソリグッ・アグ」との共通点が多く見られる作品である。

(5)「五行」

「五行」は、維新体制を通して、長期的な独裁政権を構築したパク・ジョンヒ政権の滅亡を予告した作品である。維新憲法によって第4共和国が開かれることになるが、パク・ジョンヒ政権と維新憲法との関係については、次のような記述を見ることが出来る。「国軍指導部は、その多くが、日本軍と満州軍の出身であった。関東軍の出身だったパク・ジョンヒは、陸軍士官学校の8・5期生や海兵隊たちとともにクーデターを起こした。30年代における日本青年将校たちのクーデターを念頭に置いたパク・ジョンヒは、富国強兵の'明治維新の精神を韓国で実現'しようとした[48]」という内容を通しても分かるように、パク・ジョンヒ政権は、日本の明治維新に見られる富国強兵の理念を韓国において再現しようとしたと見られる。しかし、維新憲法による新しい体制で、パク政権は長期間に亘って独裁政治を行い、民衆は、言論の自由を奪われた弾圧下の暮らしをすることになった。

譚詩「五行」は、中国「五行説」の中の、「金が木に克つ」という意味の「金克木」説を引用している。これは、いつか必ず、民衆の力によって独裁政権が崩壊する日が来ることを暗示する内容であり、また、単なる暗示だけではなく、作者の強い念願を表すものでもあった。

---

48) 歴史学研究所『講座 韓国近現代史』プルビッ、1995年p307

以上、1970年代に書かれた譚詩の作品分析を通して、キム・ジハ文学の諷刺や諧謔の精神を明らかにすることが出来た。そして、このような諷刺と諧謔の精神が、朝鮮後期の民衆芸術であるパンソリに基づくものであることは、言うまでもない。

本論文では、パンソリと共通性を持つ、反復や誇張、そして、反語法、グロテスクな表現を捉えることで、その表現の表す諷刺と諧謔の民衆意識について考えてみた。キム・ジハの「譚詩」は、その内容が政界や社会全般に渡る諷刺が多いため、民衆の日常生活に見られる諧謔の表現は割と少ない方である。しかし、諷刺という攻撃性の裏には、主体としての民衆が存在しているわけであり、その中で作者キムは、敢えて民衆の声を反映する賎民の広大として自分を位置付けたのであろう。7年に亘る収監生活の後、「アジア・アフリカ作家会議」からの遅れたロータス賞受賞[49]の演説で、キムは次のような感想を述べている。

> 正直に申しまして、私は、昔も今も同じく、ちっぽけな者、この世から追い出されて九万里長天(高くて果てしない空のこと：訳者・ホン)を頼るところなく彷徨うみすぼらしい広大の魂であり、生きている中陰の身に過ぎません。私は決して、周の国からの物だと言って周の国の食べ物を拒み、首陽山のわらびを食べつづけて結局は飢え死にした、竹のような硬直な学者でもなく、熱い血と虹色の輝く鋼鉄で作られた英雄的な闘士とは、最も遠いです。私は、只、風が吹くと横になって、風が止むと立ち上がる、只の草であり、その草々の魂である限りです。[50]

---

49) キム・ジハのロータス賞受賞は、1975年であった。しかし、その間収監生活が続いたため、1981年12月12日、ウォンジュ(原州)カトリック・センターで、遅れた受賞式が行われることになった。(『飯』ソル出版社、1995年を参考にする)

50) 「創造的な統一のために」(1981年)——『飯』ソル出版社、1995年p10から引用。

私は、キム・ジハにおける「譚詩」創作の意義を、攻撃性を持つ政界及び社会諷刺に限定して捉えたくはない。上の引用文とも通じる内容であるが、譚詩における何よりの意味は、作者キムが自分自身を、民衆の立場を代弁する「広大」として自覚したことではないだろうか。譚詩の中には、民衆の指導者ではない、民衆の中の一人として存在するキムの姿が見られる。

第四章
結　論

1. キム·ジハ文学に対する大江健三郎の理解

「序論」の中で示したように、本論文における「研究史上の意義」の一つは、キム・ジハ文学に対する大江健三郎の一面的な理解を明らかにすることにある。

大江は文学を通して、あくまでも「個人」に基づく主体性を求めつづけてきた。また、日本の民衆に対する不信感によって、彼は、「民族」や「民衆」という共同体における主体性を肯定的には捉えていなかった。そのような大江が、民衆に対する信頼と期待に基づいて文学を展開してきたキムとキムの文学をどのように理解していたのか、については興味深く感じられるところである。

キム·ジハの文学世界に対する大江健三郎の理解については、大江が1976年に書いた「諷刺、哄笑の想像力」(『新潮』、1976年1月号)と、1983年、鶴見俊輔との対談「大説『南』を読む」(『海』、1983年4月号)などで読むことが出来る。また、1989年に書いた長編小説『人生の親戚』の冒頭部にも、キム·ジハに対する作者大江の見解を窺わせる部分が見受けられる。大江健三郎がキム・ジハの文学世界をどのように理解していたか、順次見ていく。

まず、「諷刺、哄笑の想像力」には、前の年の1975年にあった「キム・ジハ救命運動」の状況や、キム・ジハの「譚詩」に対する大江健三郎の見解が書かれている。そこで大江は、軍事独裁政権に抵抗するキムやキムを初めとする韓国の民衆運動について、次のように述べている。

> ガンジーの非暴力の行動が、心理学者によって分析されているところにならうまでもなく、ある非暴力の行動が政治的な表現行為として意味を持つためには、確かな条件がみたされねばならない。即ち、その非暴力において行動をおこしている者たちは、暴力においてもじつは対立者を制圧するだけの実力を持っているのであり、しかもなおかれらは非暴力の行動をおこなっているのであること。その非暴力の行動の論理が、対立者にははっきり伝達されるコミュニケイションの道が開かれていること。1)

この引用文に見られるように大江は、キムと韓国カトリック教会を中心とする非暴力の民衆運動に、「潜在的に朴体制を超える暴力の蓄積」が存在していることを指摘する。だが、非暴力に基づく韓国民衆の抵抗運動に対して理解を示しているように見えるこの発言は、次のように続く。

> しかし、東京の数寄屋橋にテントをかまえて座っているわれわれが、もちろん在日朝鮮人の参加者までもをここでわれわれとは気安く呼ばぬとして、そのわれわれがさきの金芝河を最先端の表現とする、韓国の民衆の、潜在的な、統禦された暴力を背景にしての、非暴力の

---

1) 「諷刺、哄笑の想像力」の引用は、『未来の文学者』(大江健三郎同時代論集８)岩波書店、1981年から行う。同書p159。以下同じ。

> 行動者の一員だといいたてるわけには絶対ゆかない。しかもわれわれと朴政権との間にどのようなコミュニケイションの道が開かれて、われわれの非暴力の行動がそこから伝達されてゆきえようか？(傍点筆者・ホン)[2)]

引用文の中に出てくる「われわれ」とは、キム・ジハの救命運動に参加していた、大江自身を含む日本の文学者や知識人を指す表現であろう。多分大江は、韓国という国の政治的・社会的な事情も殆ど分かっていない外国人としての自分たちが、僅か二日間のハンストに参加することで、韓国民衆の非暴力の行動に協力したとは言われたくなかっただろう。このような大江の発言には、良心的な人間の持つ、謙虚な姿勢が感じられる。しかし、一方、「われわれ」という日本人としての立場を強調する言葉によって、彼が、韓国の民衆から距離を置いているような印象を受けるのも事実である。

「諷刺、哄笑の想像力」の全体的な内容を通して見ると、大江は、ハンストの中に見られる中途半端な「政治の言葉による表現行為」に違和感を抱き、あくまでも「文学の言葉による表現行為」で、詩人キム・ジハについて論じたがっていたことが分かる。すると、大江のいう、「文学の言葉による表現行為」とは具体的にどういうものであったのか。次に、キム・ジハの「苦行―1974」や「譚詩」の作品群に対する大江の捉え方を中心に、その中身について検討したいと思う。

まず、大江は、キムの書いた「譚詩」の作品群における哄笑に満ちた諷刺の言葉が、フランス文学者であるラブレーに共通するものだと言う。私には、ラブレー文学に関する知識が殆どないため、具体的なコメントを述べることは出来ない。只一つ思いつくことは、ラブレーが

2)『未来の文学者』(大江健三郎同時代論集８)岩波書店、1981年p159

活躍したヨーロッパーの中世後期と、譚詩の原型と言えるパンソリが発生した朝鮮時代後期は、その時代的な状況が似ていることであろう。即ち、絶対的・観念的なものに価値を置いていた思考が、人間の自由な発想を重要視する相対的・現実的な思考へと変わっていったという共通点を持つのである。このような思考の変化によって、支配者に対する諷刺——人間の肉体を例えとするグロテスクな描き方によって——が可能になったと思われる。

しかし、大江は、パンソリが書かれた朝鮮後期の歴史的な背景について知識がなかったように思われる。只彼は、「ラブレーがかれらの乱世にあたっておこなった諷刺、哄笑」と酷似した表現を、キム・ジハの譚詩の中に読み込んでいるのであった。そして、その譚詩の中でも、日本人への諷刺が多く使われた「糞氏物語(後で、「糞の海」に改題)」という作品に注目する。

「糞氏物語」には、朝鮮時代後期から当時の1970年代前半に亘る韓国と日本との歴史的な関係とともに、日本人への諷刺が長々と描かれているが、その日本人への諷刺と哄笑について、大江は次のような感想を述べる。

> しかしこの譚詩を読み終る時、落日のなかを落下する日本人の主人公に、それまでかれを表現するために乱射された厖大な量の諷刺の言葉、そして嘲笑がかたまったものとしての哄笑の言葉に矛盾することなく、われわれはある赤裸の人間に接しての、人間的な悲哀が滲み出てくるのを、あるいは直接にその日本人への挽歌の響きを聞く思いすらも感じとるのではないだろうか？それはとめどのない他者罵倒の不毛な冷たさから受けとるものとは、すっかり異質の感情である。また作中にことさら醜い恰好であらわれる金芝河自身が、いささかもそこにかれ自身への甘い許容をあらわしてはいない。ここにはまさに文学

の言葉が書かれているのであって、その真の文学の言葉は、朝鮮人と日本人の、やがて達成されうるかもしれぬ本当の和解を思いみる自由を、諷刺と哄笑のうちに決して妨げていない。文学の言葉としてそれはあらゆる人間的なるものに不寛容ではない。糞にたいしてすらも。(傍点筆者・ホン)[3)]

大江は、キムの譚詩に見られる、日本人への諷刺と哄笑の表現が、あくまでも文学の言葉で書かれていると解釈する。この引用文から見ると、大江の言う「文学の言葉」は、「他者罵倒の不毛な冷たさ」、「不寛容」などとは反対の性質を持っていると思われる。

そして、大江は、キムの譚詩「糞氏物語」が文学の言葉で書かれているので、単なる他者罵倒(ここで他者とは、「糞三寸待」と代表される日本人)の内容とは違うと言う。だが、既に「第三章」の「3－1. (2)キム・ジハの創作意図」においても確認したように、何かを「諷刺」するには、その何かに対する憎悪ないし恐れ、軽蔑などの感情が前提になってくる。いくら機智に富む面白い表現やレトリックで飾られたとしても、作品の裏面を流れる諷刺性の鋭いところが消えたりはしないはずである。

何より大江は、譚詩における諷刺の、意味ある「冷たさ」や「不寛容」を味わうべきだったのではないだろうか。当時の独裁政権がキムの書いた譚詩に対してある種の危機感を覚え、彼に死刑を下したのは、譚詩における諷刺の鋭さが感知されたからである。諷刺における「冷たさ」と「不寛容」を十分理解せず、「朝鮮人と日本人の、やがて達成されうるかもしれぬ本当の和解を思いみる自由」を先に取ることはあまりにも気の早いとらえ方のように見られる。

それから、「糞氏物語」における「糞」とは、新帝国主義あるいは、物

3)『未来の文学者』(大江健三郎同時代論集８)岩波書店、1981年 p168

質万能主義として象徴されるものである。そのような「糞」に対してキムが徹底的に「不寛容」であったことは言うまでもない。朝鮮半島で糞を排泄する「糞三寸待」という人物に対しても、キムは同じく不寛容であった。しかし、大江は、そのような事実を誤解しているようである。

私見によれば、多分大江は、人間における「暖かさ」や「寛容」というものを、文学の中で実現しようとする文学者だと理解される。大江のそのような姿勢に共感できなくはないが、「文学の言葉」の中には、冷たく不寛容な言葉も共存しているのではないだろうか。

キムの「譚詩」は、対立者への無意味な攻撃の言葉を並べている訳ではない。そこには、対立者を批判すべき十分な理由――韓国民衆の基本的な権利を奪い、軍事的な暴力を行使することで――とともに、抑圧される状況の下でも素朴な笑いを忘れない人間の強靭な精神が存在しているのである。

また、大江は、「作中にことさら醜い恰好であらわれる金芝河自身が、いささかもそこにかれ自身への甘い許容をあらわしてはいない」と述べている。大江は、醜い恰好で登場するキムの姿を通して、ある個人の断固たる意志を見ているようであるが、しかし、キムが敢えて醜い恰好で登場したのは、彼自身に対する厳しさなどではなく、自分が、素朴で貧しい民衆の一人に過ぎないという、さり気ない演出であると考えられる。そして、このような事実を裏付けているのは、大江も目を通したはずの、キムの獄中記録「苦行―1974」(1975年)である。「苦行―1974」には、素朴で貧しい韓国の民衆に対するキムの思いが綿密に書かれているが、ここで、その一部を紹介しておきたい。

逃亡生活中の1974年の4月、キム・ジハは、韓国の南端にある「黒山島(フッサンド)」で逮捕される。その後、船に乗せられ、故郷の「木浦(モッポ)」港に到着する。木浦で生れ、中学一年生の時までを過ごしたキムは、木浦を「我が詩のお母さん」と名づける程、親密感を持っていた。キムが、罪人の身になって、数年ぶりに木浦に帰ってきた時、初めて彼の目に入ったのは、貧しい生活の日々を送っている故郷の人々であった。

> 辛うじて涙を堪えながらブリッジから降りた時、私は、堤防に集まってきた数多くの魚売りのお婆ちゃんたちの、その生活に疲れて日焼けした顔たちの中で、手錠を掛けられた私をまるで強盗か窃盗のように捉えている顔たち、そして、自分たちと同じように貧しく、飢えている運の付いていないやつだと考えているその顔々の中で、やっと私の帰郷を迎えてくれる故郷の熱い挨拶を見つけ始めた。そうだ。私はやっと故郷に帰ってきたのだ。やっと、私の血肉の中に改めて堂々と復帰したのだ。[4]

この引用文を通して私は、民衆に対するキム・ジハの姿勢が、決して、イデオロギーなどで包装された虚構のものではないことを確認する。手錠を掛けられた自分をまるで強盗や窃盗のように捉えている顔に、キムは怒ることも、恥ずかしさを感じることもない。また、自分はこの国の民主主義のために独裁政権と闘ったという、知識人としての気取りも見受けられない。

もしキムが、自分の個人的な意志を貫き、その行為の正当さだけを主張する人間ならば、手錠をかけられた自分の姿に大きな屈辱を感じたかも知れない。自分を眺める人々を避けたい気持ちになったかも知れない。しかし、却ってキムは、自分を眺める人々を通して、自分を快く迎えてくれる熱い挨拶を見つけるのであった。これは決して、個

---

4) 「苦行─1974」(1975年)──『南の地、船乗りの歌』図書出版ドゥレ、1985年 p32から引用。

人としての意志や決心などでは真似できない、自然な感想ではないだろうか。

また、キムは収監生活を通して、地獄である刑務所が自分におけるもう一つの故郷であること、そして、その中に入っている囚人たちが自分の「友」であると述べる。だが、「苦行—1974」を読んだ大江に、韓国の民衆と融合するキムの自然な生き方が十分に理解できたとは思えない。日本の民衆に対して根深い不信感を抱き、民衆とともに融合する経験を持てなかった大江に、キムの心情が伝わったとは思えないのである。

前述したように、大江が譚詩における諷刺の冷たさを感じていないのは、キム・ジハ文学における暴力を理解しようとしなかったからである。そして、彼が譚詩の中に用いられた多様な表現を中心に、作品分析に取り組んでいたのがその理由の一つだと思われる。このように作品分析に取り組む大江の姿の背景には、キムの作品が「政治的パンフレット」として用いられることに対する大江の懸念が存在する。即ち、キムの作品が文学作品としての価値を失ったまま、政治的な宣伝文句としてしか評価されないのではないかという恐れである。

実際、大江は、朝鮮後期の民衆芸術であるパンソリと譚詩との関連性を具体的に論じた数少ない日本人文学者の中の一人でもあった。「諷刺、哄笑の想像力」を読んでみると、大江は、譚詩の作品群における語り出しと末尾のスタイルが、パンソリの形式と同様であることを知っていた。それから、「諷刺、哄笑の想像力」を書いた7年後の1983年に行われた鶴見俊輔との対談の内容を見ると、「譚詩」や「大説『南』」といったキムの作品とパンソリとの関連性が大江によってより細かく指摘されていることが分かる。諷刺の表現において人間の肉体性が強調されていることや、場所めぐりの趣向があること、それから、とくに必要性のないところに性的な言い回しが突然出てくることなど、大江は作品における一つひとつの場面を挙げながら検討している[5)]。

これらの検討のためには、パンソリとキムの作品、その両方に亘る綿密な検討と比較の努力が必要であっただろう。そして、実際、キムの作品が政治的な問題作としてしか用いられなかった1970年から1980年代前半までの時代的な状況を考えると、大江のように、キム・ジハの作品を文学のテキストとして考察しようとした人がいたのは、歓迎すべき事実であると思われる。

しかし、一つ疑問が残る。作品の中に使われた文章の表現や修飾について注目することが、大江のいう「文学の言葉による表現行為」の中枢なのか。そして、そのような見方を通して、キム・ジハの文学世界により近づいたと言えるのだろうか。

大江は、19世紀末にシン・ゼヒョ(신재효 申在孝)という人物によって整理された「パンソリ辞説[6)]」を頼りにして、パンソリとキム・ジハの「譚詩」や「大説『南』」を比較する。大江は、「パンソリ辞説」の中の「フンボ伝」が19世紀末の作品だと思っていたようだが、パンソリの場合、一人の創作者ではなく民衆の間で膾炙されてきた物語であるので、その正確な創作年をたどることは出来ない。只、一つの文学作品として整理されたのが19世紀末であり、整理されたものを頼りにして作品分析を行うことは、ある意味で当然のことであろう。

しかし、作者であるキム・ジハ本人は、纏まった形で整理された作

---

5) 人間の肉体性の強調について大江は、「フンボ歌」の中で、「人ごとに五臓六腑有るなれど、ノルボは五臓七腑にて、心思腑(いじわるのふ)がもう一つ」という描写を指摘している。また、とくに必要性のないところに性的な言い回しが突然出てくることについても、「フンボ歌」の中で、「アイゴ、アイゴ、股のものがぴんぴんし、どうにも我慢がならぬわい。ノルボの女房よ、股洗い、夜伽に備えて待ちおれい」という表現を指摘している。

6) 音楽や演劇的な要素を除いた、読むものとしてのパンソリ。

品としてのパンソリではなく、パンソリを通して滲み出る民衆の生命力に触発されて譚詩を創作したという事実に、大江は気づくべきだったのではないだろうか。ここに、まず、キムと大江の大きなずれがある。

18世紀の初め頃に発生したパンソリは、19世紀末になって活字化され、その活字化されたものが今に伝わっている。だが、19世紀末になると、パンソリは民衆だけではなく、当時の支配者である「両班(ヤンバン)」にまで好まれる芸術へと変わっていく。そして、パンソリの歌い手である「広大」は国家の官吏になることも可能になり、ついに、王様の前で公演することまで出来るようになった。このようなパンソリの変貌は、ある意味でパンソリの発展とも言えるべきことであったが、それと同時に、民衆が自分たちの声を発する機会は少なくなってしまったのである。

本筋から若干ずれることになるが、上述した、パンソリにおける民衆の立場の変化については、解釈する側の観点によってその意見が異なる。即ち、「民衆」というパンソリの主体に重点を置いて考える時、パンソリは時間的な経過とともに衰退していった。しかし、「音楽」や「文学作品」としての完成度について考える時、パンソリは益々発展的な形を整えるようになったと言える。このような反比例の状態を、私たちはどのように理解すればいいだろうか。このような疑問に対して、チョ・ドンイルは次の見解を示している。

パンソリが本当に民衆文学であるかについては、その後(著者のチョ・ドンイルが、共同執筆で『パンソリの理解』を書いた1978年以後：訳者・ホン)にも論議があった。民衆文学としては芸術的に相当洗練しているし、その上、パンソリの広大の身分が上昇することによって、両班たちの嗜好がパンソリに多く表れるようになったのも事実である。しかし、このようなことは、19世紀の間に行われた民衆文

> 学の拡大と変貌として見るべきではないだろうか。民衆文学の中には、ただ民衆のものとして残った例もあったが、両班または、上層階級までをもその受容者として迎え入れた例もあった。両班や上層階級のパンソリへの参与は、両班文化の拡大ではなく、民衆文化の説得力に対する時代的な傾向の反映だったと見るべきであろう。勿論、パンソリが社会的に出世することによって、本来持っていた民衆的な性格にある程度の変化は見えた。しかし、そうだとして、その根本が忘れられた訳ではなかった。シン・ゼヒョという人自体が是非の対象になることはあっても、＜カルジギ打令[7]＞の中に見られるシン・ゼヒョを忘れることは出来ない。上層文化と下層文化が互いに混合していく現象は、近代文化成立における一つの様相であり、そのような現象を可能にする能動的な働きは、下から上がってきたものであり、上から降りてきたものではない。[8]

確かに、時間的な経過に従って、パンソリにおける民衆意識が衰退したとも言えるだろう。しかし、最後までパンソリの基盤を成していたのは、あくまでも民衆の自由な発想と表現であり、支配層の儒学に基づく観念的な思想ではなかったと考えられる。パンソリが、幾分洗練された文章に変わったとしても、その中に込められている民衆の文化と精神が消滅したとは思えないのである。

キム・ジハが「譚詩」や「大説『南』」を創作することにおいて、何を一番大事にしていたのか。おそらく、活字化され、音楽的にも高度の技

---

7) シン・ゼヒョが纏めたパンソリ辞説の六つの中の一つ。「ピョンガンセ(변강쇠)打令」、「横負歌」ともいう。性的な描写が露骨に書かれた作品であり、六つのパンソリ辞説の中でも異色な作品だといわれる。卑俗な性的表現を文学作品として改作するとともに、庶民の生活における特徴をも生かしたということで、改作者のシン・ゼヒョは評価されている。

8) チョ・ドンイル「パンソリの全般的な理解」『口碑文学の世界』セムン社、1980年p238,239

術を披露するようになった19世紀末のパンソリではなかったはずである。それではなく、素朴ではあるが、抑圧する支配者を諷刺することで自分たちの存在感をアピールした、強靭な民衆精神が込められた18世紀のパンソリに、キムは心を打たれたと思われる。何故ならキムは、パンソリのリズムにおける生き生きとした民衆の生動感、彼らの諷刺と諧謔の精神に惹きつけられて、譚詩を創作することに至ったからである。

ある政治やイデオロギーの手段として、キムの作品が利用されることを懸念した大江の心情には共感を覚える。しかし、詩人としてのキム・ジハの文学世界を理解するためには、何より、民衆の中の一人としていつづけてきたキムの立場を理解する必要性があったのではないだろうか。だが、民衆に対する不信とともに、あくまでも個人における主体性を求めてきた大江にとって、キムやキムの文学を理解するには限界があったと思われる。

2. 結論

以上、「民族」と「民主主義」に対する理解を中心に、大江健三郎とキム・ジハ(金芝河)の文学世界を検討してみた。

まず、「第一章」である「第二次世界大戦後の日本と韓国の文学における『民族』の理解」においては、大戦後の日韓両国の文学における「民族」の捉え方を検討する中で、「民族」の問題をめぐる大江健三郎とキム・ジハのそれぞれの立場を見ることが出来たと思う。即ち、国家の主導による民族主義の歪みを幾分経験した戦後世代の大江に、民族における主体性を敢えて主張することは出来なかった。その上、異民族である沖縄の問題を抱えている日本人として、民族意識の強調は、国家の分裂に至る新たな問題を意味することでもあったと思われる。大江において民族の問題とは、日本社会における周縁的な存在である沖縄の人々への関心に他ならなかった。沖縄民族における独自の歴史と文化を認め、彼らを理解することが、大江の目指すものであった。日本国という一つの国家において、様々な文化が存在することを認める「多様性」のある捉え方は、それぞれの一個人における自由な思考や判断を尊重する考え方とも繋がっていると考えられる。

このような「多様性」を主張する大江に対して、キムの民族問題はまず、韓国民族における歴史や現状に集中されていることが分かる。植民地時代以来、喪失した国家主権の代わりに存在してきた韓国人の民族意識は、大戦後の民族の分断や独裁政権下という現実の中で、新たな形で展開してきた。即ち、対外勢力に対する抵抗から、南北統一と国内の独裁政権に対する牽制の力として変わってきたのである。その中でもキムは、民族を成す大多数の構成員である「民衆」の存在に注目し、彼らの持つ底力が韓国民族の行方を決めていく大きな力になると期待していた。民族が歴史的な苦難に遭遇した時、日常生活に伴う切実な思いをするのは被支配者の立場にいる民衆であり、そういう彼らにこそ、苦難を乗り越える原動力が存在していると、キムは信じていたのである。

「民族」をめぐる大江とキムの理解は、日本と韓国というそれぞれの国において、「弱者」の側に立つ者に対する関心から始まったと言える。そして、弱者に対する無関心または抑圧に対抗するため、二人は声を発するようになったと考えられる。大江が、中央集権的な思考を批判し、周縁的な存在のいる所へと自分の居場所を変えようとしたことと、キムが、支配者中心の歴史観から名も無い多数の民衆へと視点を移したことには、同じく、弱者に対する理解があったからである。

しかし、大江が、沖縄民族の独自的な歴史や文化を述べることで、異民族との共存や日本国における多様な文化を認めようとしたことに対して、キムは、共存すべき異民族の存在を持っていなかった。また、キムが、韓国の歴史における民衆の軌跡を顧みることで、民族意識の意義を肯定的に評価したことに対して、大江は、民族における主体性や民族意識を拒否しつづけてきたと言える。このような二人の違いには、戦前の日韓両国における、「民族意識」あるいは「民族主義」に対する一般的な理解とも無関係ではない。

民族の問題を、主体性を持つ意識的なものとして捉えるキムの立場と、そうではない大江の立場は、それぞれ違う形として「個人」や共同体としての「民衆」の問題を論じることになる。正確に言えば、民族を初めとする共同体意識に不信感を持っていた大江が、一人ひとりの個人における主体性を断固として主張したことに対して、キムはあくまでも、個人的な問題を越えた共同体としての課題により大きな意味を付与した。「第二章」と「第三章」では、二人におけるこのような違いを、それぞれの作品分析を通して検討してみた。検討その結果、まず、大江健三郎における民族や民主主義の理解については、次のようなことが言える。

大江は、国家権力の主導する「超国家主義」の危険性を経験していたことで、個人の自覚に基づく主体性の重要性を認識するようになった。戦後世代の大江にとって「民主主義」とは、個人の自由な思考や、自分自身の意志による行動を意味する。また、個人の自由な思考の道を塞いでいるあらゆる装置——大江にとっては、戦前以来の、天皇を建前とする中央集権的な思考——に抵抗することを意味する。このような、大江の個人における主体性の問題を捉えるために私は、小説「セヴンティーン」第一、二部(1961年)の作品分析を行った。「セヴンティーン」の2部の中でも、特に第二部である「政治少年死す」は、天皇をめぐる性的な表現によって右翼とのトラブルの原因になった作品である。大江は「セヴンティーン」第一、二部を通して、現実の状況に立ち向かって生きていく、孤独な人間像を提示している。現実から逃げずに直面していくこのような人間像は、以後、大江の多くの作品に見られる理想的な生き方の持ち主でもあった。

他方、大江において共同体の存在とは、一体どういうものであったのか。大江の小説の中には、彼自身が生まれ育った故郷をモデルとしたと思われるある村落共同体が登場するが、大江の小説に描かれているその村落共同体の姿を通して、日本の村落共同体に対する彼の理解を垣間見ることが出来る。大江においていわゆる初期作品である「飼育」(1958年)や『芽むしり仔撃ち』(1958年)には、主人公の少年の眼に映った、ある谷間の村に住む人々の姿が描かれている。「飼育」では村の構成員の一人であった主人公の少年が、『芽むしり仔撃ち』以来、村の外部の人間として登場することによって、村の人々に対する違和感はより鮮明な形として表れる。また、村を中心とした共同体の利益の前で、その利益に反する人間は徹底的に排除されることになるが、その排除される人間の多くは、村人と比べて弱者の側に立つ人々であった。

『芽むしり仔撃ち』の次に作品分析を行った『万延元年のフットボール』(1967年)では、万延元年から1960年まさに「60年安保」の年までの百年間の近代史における、日本民衆に対する大江の理解を見ることが出来る。特に『万延元年のフットボール』では、個人における自主性を持たない村落共同体の姿が描かれている。まず、1960年代という現在の時点における状況を見ると、村人たちは「鷹四」という青年の主導によって、村の経済を支配する「スーパー・マーケットの天皇」に対抗し、暴動を起こす。しかし、村人たちは暴動の意義を見つけることが出来ず、途中で諦めてしまう人が続出し、結局暴動は雲散霧消になる。そして、このような暴動の描写は、百姓一揆に対する作者大江の思いと繋がる内容であった。

「反逆ということ」(1966)の中で大江は、一般の一揆参加者たちが、彼らの指導者を容易に見捨てたことを指摘しながら、それが日本民衆における特徴ではないかと見ている。共同体の名によって行われた一揆は、参加者たち一人ひとりの責任が問われることがなく、只、その代表格である指導者だけが罪を被せれば全てが解決された。そして、一揆におけるこのような日本民衆の特徴を、大江は、1960年代という新たな舞台に移したと見られる。

『万延元年のフットボール』には百年前の百姓一揆とは違って、微かな形ではあるが、新しい展望を開いていく村人たちの姿が窺える。若者グループから町会議員が一人出るなど、今まで固定していた谷間の人間構成が揺さぶっているという、村の住職の言葉がそのような変貌を示している。しかし、実際のところ、スーパー・マーケットの天皇に対する村人たちの抵抗はその軌跡を完全に無くしてしまい、彼らは暴動以前と変わらず、スーパー・マーケットの天皇の経済的な支配下で暮らすことになる。また、スーパー・マーケットの天皇も、村人からの略奪による打撃どころか、何一つ被害を受けることはなかった。スーパー・マーケットの略奪という暴動で、スーパー・マーケットの天皇が、村人たちの存在感を認識することは全くなかったと言える。そして、谷間の人々による暴動は、スーパー・マーケットの略奪ではない、「念仏踊り」という「想像力の暴動」へと、その形を変えていくことになる。

上述したこのような暴動の形の変化は、民族や国家に対する大江の捉え方と繋がる内容ではないかと思われる。「第一章」でも述べたように、大江は、民族に基づく共同体意識の強化を願っていなかった。彼は、弱者としての人間の立場を軽視する中央集権的な国家体制を批難しても、物理的な力を使った国家体制の崩壊を望んではいなかったのである。

戦中の日本民族や村落の人々に見られる、共同体意識のマイナス的な面に注目していた大江は、共同体における主体性を主張することは敢えてしなかった。大江にとって主体性の問題は、第三者の干渉を必要としない、あくまでも「個人」に限る問題であったのである。

今まで述べてきた大江健三郎とは違ってキム・ジハには、韓国民衆に対する信頼があったし、民衆における主体的な力を期待することによって彼の文学行為が成り立っていた。そして、大江が個人における自由な思考と意志を主張し、あらゆる共同体としての結束や動きに不信感を示していたことに対して、キムは一貫して、韓国の民族という共同体に基づく主体性を強調している。ここで言うキムの「民族」とは、独裁政権側に対比される被支配者層の「民衆」と同一の概念として用いられていた。

キムは、一部の支配者を中心に作られてきた今までの歴史観を拒み、韓国の歴史における「民衆」の底力に注目した。民衆の底力こそ歴史を動かす原動力であると理解していたキムは、韓国の朝鮮時代後期における民衆芸術との出会いを通して、新たな創作に励むことになる。その新たな創作とは、「第三章」で作品分析を行った「戯曲」や「譚詩」のことを言う。

1970年当時までの戯曲では、韓国社会における人々の現状を描いた作品が殆ど存在しなかった。そのような時代的な状況の中で、都市貧民や農民を対象として、彼らの日常生活をリアルに表現したキムの戯曲は、韓国の文学界において先駆的な役割を果たしたといえる。キムは、臨場感や一体感を体験できる演劇の公演を通して、より多くの人々と共感を覚えようとしたと思われる。また、キムは、朝鮮時代後期の仮面劇である「タルチュム」の要素を、自分の戯曲の中に採り入れてもいる。伝統的なものを現代において継承しようとするこのようなキムの実験精神は、「譚詩」という新しい文学形式を作ることでより本格化される。

「譚詩」は、朝鮮後期の民衆芸術の一つである「パンソリ」に基づいた、一種の物語詩である。単なる物語詩というよりは、韓国の民衆文学において共通的に見られる独特のリズム感を生かし、その上、民衆文学における諷刺と諧謔の精神を反映した作品だと言えよう。特にキムは、パンソリの形式に基づいて譚詩を創作することで、パンソリに潜んでいる民衆の主体意識を現代において蘇らせようとした。

だが、共同体における主体性に不信感を持ち、あくまでも個人における自由な思考と意志を求める大江健三郎にとって、民衆に対するキム・ジハの信頼と期待は、なかなか理解出来ないものであったと思われる。「第四章」の「1. キム・ジハ文学に対する大江健三郎の理解」では、キムの「譚詩」や「大説『南』」をめぐる大江の理解を検討することで、キムの文学世界に対する大江の一面的な捉え方を指摘した。

大江は「諷刺、哄笑の想像力」(1976年)の中で、「政治の言葉による表現行為」ではない「文学の言葉による表現行為」でキムの作品分析に臨んでいることを示している。ここで言う大江の「政治の言葉による表現行為」とは、ある政治的な理念やイデオロギーだけを擁護する言語の表現行為、または、上から下へと一方的に押しつけるような強制性を持つ言語の表現行為を意味するものだと考えられる。大江は、キムの作品が政治的な理念の道具として使われることを懸念していたが、そのような懸念によって、「文学の言葉による表現行為」を示したのではないかと思われる。しかし、この二分化された大江の捉え方によって、作者キムが表現しようとした民衆の主体的な力は、論外のものにされてしまう。それから、何より、大江の「文学の言葉による表現行為」による分析には、民衆の一員として生きていこうとした作者キムの心情が伝わっていなかった。

本論文を通して、「民主主義」や「民族」をめぐる大江健三郎とキム・ジハとの違いを考察した。考察結果、二人は、文学の中で「民主主義精神」を反映させている共通点を持っているにも拘わらず、大江があくまでも「個人」における主体性を求めていることに対して、キムは「民衆(民族と同一概念としての)」という共同体の主体性に注目していることが明らかになった。そして、このような二人の相違については、次のような理由を挙げることが出来る。

まず、第一に、自国の「民衆」に対する二人の認識の違いである。

大江が、近代史における日本の民衆に、根深い不信感を持っていたことに対して、キムは、朝鮮時代後期から植民地時代に至る韓国の民衆の姿に、共感を覚えていた。大江の理解している日本の民衆は、排他的で個人としての自覚のない人々であり、決して弱者ではなかった。却って、弱者側に立つ人間を差別する人々であった。しかし、キムの理解している韓国の民衆は、苦難の続く歴史的な状況の中で、常に弱者の立場に立たされてきた、素朴で善良な人々であった。また、なかなか消えることのない強靭な生命力を持つ存在でもあった。このような「民衆」に対する二人の理解は、近代史における歴史的な観点や、生まれ育った故郷での個人的な体験が作用していると考えられる。

第二に、国家体制に対する反逆の程度に基づく。これは、国家権力による弾圧の強度と関わる問題でもある。

大江は、人間の自由な思考による判断や行為を求めていたが、それは何より一人間の内面における問題であった。そのような大江には最初から、国家体制を倒す破壊的な力など想定されていなかった。只、個人や少数の弱者の威厳を脅威する、あらゆる強権に対する個人的な立場からの警告があるだけであった。これに対してキムの場合、独裁政権という目に見える形の敵が存在していたし、彼の求める人間の自由とは、軍事独裁政権という当時の国家体制を滅ぼすぐらいのエネルギーを必要としていた。人間としての権利や自由を獲得するためのキムの闘いには、一人の個人ではない、「民衆」というより大きな共同体としての力が求められていたのである。

それから第三に、二人において理想とする人間像の相違である。

大江は「同時代のフットボール9)」(1967年)の中で、『万延元年のフットボール』の創作に関する自分の思いを述べている。創作の当時、大江は、二葉亭四迷が矢崎鎮四郎に語った、次のような言葉に注目していたという。それは、「僕は人に何らか模範を示したい……なるほど人間といふ者はあゝいふ風に働く者かといふ事を出来はしまいが、世人に知らせたい」という部分であった。そして、大江はその中でも特に、「出来はしまいが」という部分で切実な感銘を受けたという。「出来はしまいが……」という表現を通して大江は、決して楽観的立場ではないものの、それでも現実の状況に屈服しない人間の素晴らしさを捉えようとしたように見える。

上述した二葉亭四迷の言葉に触発された大江は、『万延元年のフットボール』の中で、「鷹四」という人物を作るに至ったと考えられる。『万延元年のフットボール』の最後には、鷹四の死をきっかけに、実兄の「蜜三郎」家族を初め、谷間の村の若い青年たちが、人生における新たな出

9)「同時代のフットボール」『中央公論』、1967年11月号p248

発を試みる場面が見られる。これはまさに、鷹四という「一人」の人間の生き方から、何らかの模範を示された結果だと言えよう。そして、『万延元年のフットボール』だけではなく、その後に続く『人生の親戚』(1989年)や『燃え上がる緑の樹』三部作(1993年～1995年)の中でも大江は、「民衆」に生き方の模範を示す一人の人物を登場させていることが分かる。

それでは、キム・ジハの考える人間像とは、どういうものであったのか。「第三章」の最後のところからも見られるように、キムは自分のことを「広大(クァンデ)」と位置付け、「広大」として生きようとしている。「広大」と言えば、朝鮮時代において、民衆の中でも一番軽蔑された賤民であったが、何故キムは、敢えて「広大」になろうとしたのだろうか。それは、「広大」が、民衆の遭遇した不運な立場を代弁すると共に、世の中の不正を辛辣に諷刺する役割を持っていたからだと考えられる。そして、「広大」に与えられた立場と役割こそ、現代の詩人である自分の役目だと、キムは認識したのだろう。結局、前者の大江は、民衆に生き方の模範を示す指導者として、後者のキムは、民衆の立場を代弁する者として、それぞれ違う人間像を作品の中で描いていた。

本研究では、「民主主義」や「民族」に対する大江健三郎とキム・ジハの捉え方を考察、検討することで、人間の主体性をめぐる二人の違いを明らかにすることが出来たと思う。即ち、大江とキムが、それぞれ、「個人」や「民衆」という主体に注目し、自分たちの文学世界を展開してきたその背景には、「民主主義」と「民族」に対する捉え方が大きく作用していたということである。勿論、大江とキムが「民主主義」や「民族」という問題に関わるようになった理由は、自分たちの属する現実社会の状況や、その状況の中を生きていく人間に対する強い関心からであり、そのような面において二人の文学世界は、日韓両国の現状をよく反映しているとも言える。

大江健三郎と金芝河は二人とも生存している文学者であり、特に大江の場合は現在も活発な創作活動を続けている。「戦後民主主義」から強い影響を受けた彼は、その影響を発展する形で自分の文学世界を広げてきたように考えられる。「核問題」をはじめ、自分の息子を通して体験した「障害者との共生」、生まれ故郷から感得した「森の思想」などのテーマをも取り入れ、大江の文学世界は益々豊かになったと言えよう。最近に入ってからは、次の世代である子供たちを意識しての文章や、以前と比べて読みやすくなった文体が目立つ。今後の研究課題としては、上述した内容を踏まえての、大江の戦後民主主義思想の展開について考察することである。

参考文献

日本語の文献

*単行本及び論文

浅尾忠男『金芝河の世界』青山社、1977年
朝日新聞戦後補償問題取材班『戦後補償とは何か』朝日新聞社、1994年
イ・オリョン(이어령 李御寧)「語り物としてのパンソリ」『創造の世界』小学館、1998年春期
磯貝英夫「農村共同体と都市砂漠」『国文学』、学灯社、1979年2月号
磯田光一『戦後史の空間』新潮社、1983年
一条孝夫『大江健三郎――その文学世界と背景』和泉書院、1997年
井出愚樹『韓国の知識人と金芝河』青木書店、1977年
榎本正樹『大江健三郎の八〇年代』彩流社、1995年
大江健三郎「セヴンティーン」『文学界』文芸春秋、1961年1月号
――――「政治少年死す(「セヴンティーン」第二部)」『文学界』文芸春秋、1961年2月号
――――『大江健三郎同時代論集(全10冊)』岩波書店、1980年－1981年
――――『大江健三郎小説(全10冊)』新潮社、1996年－1997年
奥野健男『日本文学史』中央公論社、1995年
小熊英二『単一民族神話の起源』新曜社、1995年
――――『<日本人>の境界』新曜社、1998年
加藤節他『デモクラシーの未来』東京大学出版会、1993年
加藤典洋『可能性としての戦後以後』岩波書店、1999年
加藤祐三『東アジアの近代(世界の歴史17)』講談社、1985年

柄谷行人『言語と悲劇』第三文明社、1989年
川西政明『大江健三郎論——未成の夢』講談社、1979年
川村湊『戦後文学を問う』岩波書店、1995年
神田文人『昭和の歴史(第8巻)——占領と民主主義』小学館、1983年
栗坪良樹他『岩波講座、日本文学史(第14巻)——20世紀の文学3』岩波書店、1997年
黒古一夫『大江健三郎——森の思想と生き方の原理』彩流社、1989年
————『大江健三郎とこの時代の文学』勉誠社、1997年
桑原丈和『大江健三郎論』三一書房、1997年
群像特別編集『大江健三郎』講談社、1995年
サイマル出版会『民衆の声』、1974年
サルトル著；伊吹武彦他訳『実存主義とは何か』人文書院、1996年
篠原茂『大江健三郎文学事典』スタジオVIC、1984年
祖父江昭二『近代文学への射程』未来社、1998年
竹内好『竹内好全集(第七巻)』筑摩書房、1981年
団野光晴「『ヒロシマ・ノート』とナショナリズム」『昭和文学研究』、1979年12月号(第一集)
津田左右吉「日本の皇室」『中央公論』中央公論社、1952年7月号
遠山茂樹「百姓一揆の革命性について」『遠山茂樹著作集(第2巻)』岩波書店、1992年
————「変革の主体と民族の問題」『遠山茂樹著作集(第5巻)』岩波書店、1992年
中井毬栄「略伝・金芝河」『金芝河』(室謙二編)三一書房、1976年
中村泰行『大江健三郎——文学の軌跡』新日本出版社、1995年
橋川文三『(増補)日本浪漫派批判序説』未来社、1965年
蓮実重彦『大江健三郎論』青土社、1980年
深沢七郎「風流夢譚」『中央公論』中央公論社、1960年12月号
古林尚他編『戦後の文学』有斐閣、1978年
ベネディクト・アンダーソン著；白石さや他訳『想像の共同体[増補]』NTT出版、1997年
ホン・ジンヒ(홍진희 洪珍熙)「大江健三郎と金芝河の文学における民主主義の意味」『日本語・日本文化(第9号)』大阪外国語大学

日本語講座、1999年
―――――――――――――「第二次世界大戦後の日本と韓国の文学における『民族』について」『EXORIENTE(Vol.5)』大阪外国語大学言語社会学会、2001年
本多秋五『物語戦後文学史(全)』新潮社、1966年
マサオ・ミヨシ他『日本の作家23 大江健三郎』講談社、1992年
松原新一『大江健三郎の世界』講談社、1967年
松原新一他『戦後文学史・年表』講談社、1978年
丸山真男『丸山真男集(第5巻)』岩波書店、1995年
三島由紀夫「文化防衛論」『中央公論』中央公論社、1968年7月号
ミハイル・バフチン著；川端香男里訳『フランソワ・ラブレーの作品と中世・ルネサンスの民衆文化』せりか書房、1974年
宮崎正弘『三島由紀夫「以後」』並木書房、1999年
安田武『定本戦争文学論』第三文明社、1977年
山口昌男『文化と両義性』岩波書店、1975年
山下若菜「開かれた自己否定にむけて――70年前後大江の試行」『昭和文学研究』1979年12月号(第一集)
歴史研究会編『民族と国家』東京大学出版会、1995年
渡辺広士『大江健三郎〔増補新版〕』審美社、1995年
和辻哲郎『風土』岩波書店、1979年

*雑誌及び資料など
『海』中央公論社、1983年4月号(《対談》「鶴見俊輔・大江健三郎――大説『南』を読む」)
『国文学』学灯社、1971年1月号
(特集：江藤淳と大江健三郎――戦後世代の心情と論理)
1979年2月号
(特集：大江健三郎――方法化した想像力)
1983年6月号
(特集：大江健三郎――神話的宇宙を読む)

1990年7月号
(特集：大江健三郎——八〇年代から九〇年代へ)
1997年2月臨時増刊号
(特集：いま大江健三郎の小説を読む)
『新潮』新潮社、1996年2月号(特別対談：李恢成、金芝河——「民族と個人」)
『世界』岩波書店、1956年8月号(特集：「戦後」への決別)
『文学』岩波書店、1951年9月号(特集：日本文学における民族の問題)
『文学界』文芸春秋、1990年9,10,11月号
(特別インタヴュー：大江健三郎、未来を愛する人の物語 第1,2,3回)
『批評空間』太田出版、1998年(第Ⅱ期第17号)
『論座』朝日新聞社、1999年3月号(対談、金芝河＆鶴見俊輔)
朝尾直弘他『日本史辞典』角川書店、1996
佐々木毅他編『戦後史大事典』三省堂、1991年
ジョゼフ・チルダース他編、杉野健太郎他訳『現代文学・文化批評用語辞典』松柏社、1998年
『日本現代文学大事典』明治書院、1994年
『日本大百科全書』小学館、1988年
フィリップ・P・ウィーナー편『西洋思想大事典』平凡社、1990年

『朝日新聞』1960年10月12日(夕刊)、1960年10月13日——「浅沼委員長刺殺される」
1995年2月10日——大江健三郎・金芝河対談、「アジアの文学の可能性」
1998年1月29日——「幻の大江健三郎作品、イタリアで無断〃出版　回収検討、再び幻に？」
『毎日新聞』1960年10月13日——「浅沼氏刺殺・政局に衝撃」
『読売新聞』1998年12月21日(夕刊)——「韓国から初来日、金芝河に聞く」

韓国語の文献

*単行本及び論文

イ・キペック(이기백)他 『韓国史の再照明』 民声社(『한국사의 재조명』민성사)、1983年

イ・スンハ(이승하 李昇夏) 『韓国現代詩に表れた諷刺性研究』中央大学校博士論文(『한국현대시에 나타난 풍자성연구』)、1995年

イ・ソンヒ(이선희) 「女性解放観を通して見た金芝河の生命思想」『女性1』 創作と批(「여성해방관을 통해 본 김지하의 생명사상」창작과 비평사)、1985年

イ・チョルボム(이철범) 「言語・民族・イデオロギー」『新韓国文学全集(第49巻)』現代文学社(「언어・민족・이데올로기」)、1970年

イ・ドゥヒョン(이두현 李杜鉉) 『韓国のタルチュム』一志社(『한국의 탈춤』)、1981年

イ・ヒョンヒ(이현희 李炫熙) 『韓国近・現代史の争点』図書出版サムヨン(『한국근현대사의 쟁점』도서출판 삼영)、1992年

イ・マンヨル(이만열 李万烈) 『韓国近代歴史学の理解』文学と知性社(『한국근대역사학의 이해』문학과 지성사)、1981年

イ・ヨンミ(이영미 李英美) 『マダン劇・リアリズム・民族劇』現代美学社(『마당극・리얼리즘・민족극』)1997年

イム・ジンテック(임진택 林賑沢) 「生きているパンソリ」『韓国文学の現段階Ⅱ』創作と批評社(「살아있는 판소리」『한국문학의 현단계Ⅱ』창작과 비평사)、1983年

―――――――――――― 『民衆演戯の創造』創作と批評社(『민중연희의 창조』창작과 비평사)、1990年

イム・ホンヨン(임헌영)他 『金芝河、彼の文学と思想』世界(『김지하, 그의 문학과 사상』)、1984年

Eric John Hobsbawm著;カン・ミョンセ(강명세 姜明世)訳 『1780年以後の民族と民族主義』創作と批評社(『1780년이후의 민족과 민족주의』 창작과 비평사)、1990年

オ・サンヒョン(오상현 呉相鉉)「現代作家における私小説性向に関する考察」『日本学報』(「현대작가에 있어서 사소설 성향에 대한 고찰」)1999年42輯

カン・ゼオン(강재언 姜在彦)『新編韓国近代史研究』図書出版ハンウル(도서출판 한울)、1989年

カン・マンギル(강만길 姜万吉)『書き直した韓国現代史』創作と批評社(『고쳐쓴 한국현대사』창작과 비평사)、1994年

カン・ヨンミ(강영미)「金芝河譚詩のパンソリ受容様相研究」高麗大学校 修士論文(「김지하 담시의 판소리수용양상연구」)、1995年

キム・インファン(김인환)「話法と詩」『横になった石仏』図書出版ナナム(「화법과 시」『모로누운 돌부처』도서출판 나남」、1992年

キム・ウチャン(김우창)「時代の中心から」『中心の悩み』ソル出版社(「시대의 중심에서」『중심의 괴로움』솔출판사)、1994年

キム・ソンマン(김석만)「新しい天地グッを待ちながら」『トンタッキトンタックク(金芝河全集3. 戯曲)』東光出版社(「새로운 천지굿을 기다리며」『똥딱기똥딱』)1991年

キム・ジハ(김지하 金芝河)『民族の歌、民衆の歌』東光出版社(『민족의 노래, 민중의 노래』)、1984年

——————『南の地と舟歌』図書出版ドゥレ(『남녁땅 뱃노래)도서출판 두레)、1985年

——————『横になった石仏』図書出版ナナム(『모로누운 돌부처』도서출판 나남)、1992年

——————『金芝河詩選集1,2』ソル出版社(『김지하시선집1,2』솔출판사)、1993年

——————『五賊(金芝河譚詩全集)』ソル出版社(솔출판사)、1993年

——————『大説「南」(1－5巻)』ソル出版社(솔출판사)、1994年

——————『東学物語』ソル出版社(솔출판사)、1994年

——————『黄土』ソル出版社(솔출판사)、1995年

―――――――――― 『飯』ソル出版社(『밥』솔출판사)、1995年

―――――――――― 『中心の悩み』ソル出版社(『중심의 괴로움』솔출판사)、1996年

―――――――――― 『思想紀行1,2』実践文学、1999年

キム・ジュンオ(김준오)他『構造主義』コリョウォン(고려원)、1992年

キム・スヨン(김수영 金洙英)『キム・スヨン全集1,2(1.詩、2.散文)』民音社(『김수영전집1,2』),1981年

キム・ヒョン(김현)他『民族文学論』白文社、1988年

キム・ユンシック(김윤식 金允植)『韓国近代文学の理解』一志社(『한국근대문학의 이해』)、1973年

キム・ユンシック(김윤식 金允植)他『韓国文学史』民音社、1996年

キム・ヨンラック(김용락)『民族文学論争史研究』実践文学、1997年

コ・ヨンザ(고영자)『大江健三郎』建国大学校出版部、1998年

シン・ゼヒョ(신재효 申在孝)著;カン・ハンヨン(강한영 姜韓永)篇『韓国パンソリ全集』

ソムン堂(『한국 판소리전집』서문당)、1996年

チェ・ウォンシック(최원식 崔元植)『民族文学の論理』創作と批評社(『민족문학의 논리』창작과 비평사)、1982年

チェ・ウン(최웅)他『韓国の劇芸術』清文閣(『한국의 극예술』)、1996年

チェ・クァンソク(채광석)『民衆的民族文学論』プルビッ(풀빛)、1989年

チャ・チャンリョン(차창룡 車昌竜)『金芝河の譚詩研究』中央大学校 修士論文(『김지하의 담시연구』)、1996年

チョ・ドンイル(조동일)他『パンソリの理解』創作と批評社(『판소리의 이해』창작과 비평사)1978年

チョ・ドンイル(조동일)『口碑文学の世界』セムン社(『구비문학의 세계』새문사)、1980年

ファン・ソンミョン(황선명 黄善明)他『韓国近代民衆宗教思想』ハンミン社(학민사)、1988年

チョン・インドゥ(천인두 千仁斗)「民族文学の当面課題」『文学と知性』(「민족문학의 당면과제」『문학과지성』)1975年冬号

フミオ・タブチ著；チョン・ジリョン(정지련)訳『金芝河論――神と革命の統一』タサン・グルバン(『김지하론;神과 혁명의 통일』다산글방)、1991年

ペク・ナッチョン(백낙청 白楽晴)『民族文学と世界文学Ⅰ』創作と批評社(『민족문학과 세계문학Ⅰ』창작과 비평사)、1978年

――――『民族文学の新しい段階』創作と批評社(『민족문학의 새단계』창작과비평사)、1991年

ホン・ジョンソン(홍정선 洪廷善)「民族文学概念に対する歴史的検討」『文学と社会』文学と知性社『민족문학개념에 대한 역사적검토』「문학과 사회」문학과 지성사)、1988年秋号

――――「文学的年代記」、「金芝河研究の現住所」『作家世界』世界社(「문학적연대기」、「김지하연구의현주소」)、1989年春号

ホン・ヨンヒ(홍용희)『金芝河文学研究』詩と詩学社(시와시학사)、2000年

ユ・スックザ(유숙자 兪淑子)『1945年以後、在日韓国人の小説に現れた民族的停滞性の研究』高麗大学校博士論文(『1945년이후 在日한국인 소설에 나타난 정체성연구』)、1997年

ヨム・ムウン(염무웅 廉武雄)「叙事詩の可能性と問題点」『韓国文学の現段階Ⅰ』創作と批評社(「서사문학의 가능성과 문제점」『한국문학의 현단계Ⅱ』)、1992年

韓国政治外交史学会篇『韓国現代史の再照明』大旺社(『한국현대사의 재조명』)、1990年

民族文学研究所『民族文学史講座(上,下)』創作と批評社(창작과 비평사)、1995年

歴史学研究所『講座 韓国近現代史』プルビッ、1995年

*雑誌及び資料など

『外国文学』1994年冬号・第41号(大江健三郎特集)、ヨルム社(열음사)。

『作家世界』1989年秋号(金芝河特集)、世界社。

『当代批評』1999年冬号、図書出版サムイン(도서출판 삼인)。
『朝鮮日報』1998年7月31日――「文学50周年」
イ・サンソップ(이상섭)『文学批評用語辞典』民音社、1976年

*CD
「金芝河創作パンソリ1. 五賊・ソリの来歴、歌:林賑沢」ソウル・レコード(「김지하 창작판소리」서울음반)、1994年
「金芝河創作パンソリ2. 糞の海、歌:林賑沢」ソウル・レコード(「김지하 창작판소리」서울음반)、1994年

付録：大江健三郎年譜

1935年(0歳)

: 1月31日、愛媛県喜多郡大瀬村(典型的な山間の小集落)に大江家の三男として生まれる。父は好太郎、母は小石。

1944年(9歳)

: 父、好太郎死去。敗戦の前年のことで、長兄は予科練に志願しており、次兄は勤労動員中で、男手は幼い健三郎だけであった。

1945年(10歳)

: 国民学校5年の夏に敗戦を迎える。

1947年(12歳)

: 大瀬中学に入学。5月に新憲法が施行され、反戦・平和・民主のイデーに思想形成の上で大きな影響を受ける。中学2年の時、子供農業組合の組合長に選出される。

1948年(13歳)

: 6月に朝鮮戦争が勃発、日本では「警察予備隊」(後に「保安隊」へ、さらに「自衛隊」へと変貌)が発足した。

1950年(15歳)

: 愛媛県立内子高校に入学。

1951年(16歳)

: 2年生の時から愛媛県立松山東高校(四国で屈指の名門高校)へ転校。文芸部に入り、雑誌『掌上』を編集。後に義兄になる伊丹十三と知り合う。

1953年(18歳)

: 松山東高校を卒業。浪人生活を送る。

1954年(19歳)

: 東京大学文科二類に入学。

1955年(20歳)

：「火山」(処女作品)を『学園』9月号に発表。

1956年(21歳)

：フランス文学科に進み、生涯の師と仰ぐことになる渡辺一夫教授に逢う。

1957年(22歳)

：東京大学新聞に掲載された「奇妙な仕事」が毎日新聞の文芸時評で平野謙によって評価され、学生作家としてデビュー。

1958年(23歳)

：『死者の奢り』刊行。『芽むしり仔撃ち』刊行。「飼育」により芥川賞受賞。短編集『見るまえに跳べ』刊行。

1959年(24歳)

：東京大学を卒業。卒論は「サルトルの小説におけるイメージについて」。書き下ろし長編『われらの時代』を刊行。『夜よゆるやかに歩め』刊行。

1960年(25歳)

：映画監督伊丹万作の長女ゆかり(伊丹十三の妹)と結婚。安保批判の会である<わかい日本の会>に参加。短編集『孤独な青年の休暇』、長編『青年の汚名』、『大江健三郎集』刊行。中国訪問。

1961年(27歳)

：前年の浅沼社会党委員長刺殺事件を題材に『文学界』1月号に「セヴンティーン」を、2月号に「政治少年死す」を発表。右翼団体からの脅迫を受ける。東西ヨーロッパ、ソビエト旅行。

1962年(27歳)

：長編『遅れてきた青年』刊行、紀行および対談集『世界の若者たち』刊行。紀行集『ヨーロッパの声・僕自身の声』刊行。

1963年(29歳)

：長編『日常生活の冒険』刊行。6月に第一子の光が生まれるが、彼は頭蓋骨に異常のある「障害児」であった。以後、息子との共生が大江文学における大きなテーマとなる。書き下ろし長編『個人的な体験』刊行、これにより新潮社文学賞受賞。

1965年(30歳)

：エッセイ集『厳粛な綱渡り』刊行。

1966年(31歳)

：『大江健三郎全集』全6巻刊行。

1967年(32歳)

：「万延元年のフットボール」連載、刊行。これにより谷崎潤一郎賞受賞。

1968年(33歳)

：オーストラリア旅行。英訳『個人的な体験』刊行、出版元と訳者の招きで米国旅行。全エッセイ集『持続する志』刊行。

1969年(34歳)

：『われらの狂気を生き延びる道を教えよ』刊行。

1970年(35歳)

：評論『壊れものとしての人間―活字のむこうの暗闇』刊行。講演集『核時代の想像力』刊行。『沖縄ノート』刊行。

1971年(36歳)

：広島原爆病院長重藤博士との対話『原爆後の人間』刊行。大田昌秀琉球大学教授(後に沖縄知事)との共同編集で季刊『沖縄経験』を創刊し、「沖縄日記」連載。『伊丹万作エッセイ集』を編集。

1972年(37歳)

：全エッセイ集『鯨の死滅する日』刊行。中篇二部作『みずから我が涙をぬぐいたまう日』刊行。

1973年(38歳)

：作家論集『同時代としての戦後』刊行。書き下ろし長編『洪水はわが魂に及び』刊行、

これにより野間文芸賞受賞。『沖縄経験』五号で終刊。

1974年(39歳)

：評論集『状況へ』、『文学ノート　付＝15編』刊行。

1975年(40歳)

：韓国の詩人金芝河の釈放を訴えて、小田実、井出孫六らと数寄屋橋公園で48時間座り込み。

1976年(41歳)

：メキシコへ客員教授として3月から7月まで滞在。評論集『言葉によって状況・文学＊』刊行。

1977年(42歳)

：『大江健三郎全作品』第二期・全6巻刊行。

1978年(43歳)

：評論『小説の方法』、評論集『表現する者　状況・文学＊＊』刊行。

1979年(44歳)

：書き下ろし『同時代ゲーム』刊行。

1980年(45歳)

：評論集『方法を読む＝大江健三郎文芸時評』、中短編集『現代伝奇集』刊行。『大江健三郎同時代論集』全十巻刊行。

1982年(47歳)

：講演集『核の大火と「人間」の声』、連作短編集『「雨の木」を聴く女たち』刊行。

1983年(48歳)

：連作短編集『新しい人よ眼ざめよ』刊行。

1984年(49歳)

：短編集『いかに木を殺すか』刊行。

1985年(50歳)

：『生き方の定義―再び状況へ』、『小説のたくらみ、知の楽しみ』刊行。『河馬に噛まれる』刊行。大仏賞受賞。

1986年(51歳)

：長編『M/Tと森のフシギの物語』刊行。

1987年(52歳)

：書き下ろし長編『懐かしい年への手紙』刊行。

1988年(53歳)

：書き下ろし評論『新しい文学のために』刊行。

1989年(54歳)

：長編『人生の親戚』刊行。ベルギーでユーロパリア文学賞受賞。

1990年(55歳)

：長編『治療塔』刊行。連作小説集『静かな生活』刊行。『自立と共生を語る—障害者・高齢者と家族・社会』刊行(大江健三郎、正村公宏、川島みどり、上田敏共著)、河合隼雄との対談を収録した『河合隼雄全対話Ⅳ無意識への旅』が3月に刊行される。『人生の親戚』にて第1回伊藤整文学賞受賞。

1991年(56歳)

：『治療塔惑星』刊行。政府の湾岸戦争貢献策批判の声明。

1992年(57歳)

：『僕が本当に若かった頃』、『人生の習慣』刊行。

1993年(58歳)

：『われらの狂気を生き延びる道を教えよ』によりイタリアのモンデッロ賞受賞。『「救い主」が殴られるまで』(『燃えあがる緑の木』第一部)刊行。エッセイ集『新年の挨拶』刊行。

1994年(59歳)

：『揺れ動く＜ヴァシレーション＞』(『燃えあがる緑の木』第二部)、『小説の経験』刊行。長男光の作曲家としての成功を期に小説執筆の終止を宣言。ノーベル文学賞受賞。文化勲章と愛媛県の賞を辞退。

1995年(60歳)

：『大いなる日に』(『燃えあがる緑の木』第三部)、『恢復する家族』刊行。伊丹十三監督が『静かな生活』を映画化。ノーベル賞記念講演『あいまいな日本の私』刊行。フランスの核実験への批判「大地は煙鳥たちの歌はない」発表。フランスで開催予定の日仏文学シンポ出席辞退。

1996年(61歳)

：2月、作曲家武満徹の告別式で作家復帰を宣言。4月、講談社よりエッセイ集『ゆるやかな絆』刊行。8月、渡米。米国プリンストン大学の客員講師に。『日本の「私」からの手紙』刊行。河合隼雄、谷川俊太郎とともに『日本語と日本人の心』刊行。

1997年(62歳)

：5月、帰国。帰国前に米国芸術アカデミーの外国人名誉会員に。

1998年(63歳)

4月、『私という小説家の作り方』刊行。

1999年(64歳)

: 6月、『宙返り』上下巻刊行。11月からベルリン自由大学で客員教授として「日本作家の現実」というテーマで講義。

2000年(65歳)

: 6月8日、米国ハーバード大学から名誉文学博士号を授与される。7月16日、日本スイミングクラブ協会によるベストスイマー賞受賞。12月5日『取り替え子(チェンジリング)』刊行。

2001年(66歳)

: 「新しい歴史教科書をつくる会」の検定不合格を求める声明を三木睦子氏らと発表。『君たちに伝えたい言葉ノーベル賞受賞者と中学生の対話読書ぶっくれっと25』刊行。6月、『「自分の木」の下で』刊行。7月、『大江健三郎・再発見』刊行。9月、小沢征爾氏との対談集『同じ年に生まれて』刊行。11月、評論集『鎖国してはならない』、エッセイ集『言い難き嘆きもて』刊行。

2002年(67歳)

: 9月、『憂い顔の童子』刊行。

2003年(68歳)

: 1995年」から断続的に朝日新聞に掲載した往復書簡を『暴力に逆らって書く大江健三郎往復書簡』として、5月に刊行。9月、習慣朝日の連載新しい人」の方へ』刊行。11月、『二百年の子供』刊行。12月、仏リベラシオン紙にてイラクへの自衛隊派遣計画を批判。

2004年(69歳)

: 2003年11月に青山学院で行われた「教育フォーラム」での白川英樹氏との講演を収録した『何を学ぶか作家の信条、科学者の思い』刊行。エッセイ集『「話して考える」と「書いて考える」』刊行。

2005年(70歳)

: 『群像』1月号に『さようなら、私の本よ！』第一部掲載。

＊上記の年譜は『万延元年のフットボール』(講談社、1988)の「作家案内」(古林尚)や『懐かしい年への手紙』(講談社、1992)の「作家案内」(黒古一夫)を参考にした。大江健三郎は多作の作家であるため、ここで発表した作品を一々挙げることはせず、単行本や作品集として刊行されたものだけを記した。また、作家の文学世界をより深く理解するために、社会的・政治的な歩み及び海外体験などにも注目して年譜を作成したことを示しておく。

大江健三郎研究

著 者
洪珍熙

· 京畿大学校 日語日文学科卒業。
· 日本 国立 京都大学 日本語日本文化研修生<文部省招請奨学生>
· 日本 国立 大阪外国語大学 言語社会研究科 博士前期課程修了
· 日本 国立 大阪外国語大学 言語社会研究科 博士後期課程修了<学術博士>
· 日本 国立 大阪大学 文学研究科 客員研究員
· 現在、京畿大学校、安養科学大学 非常勤講師

【主要論文】
「大江健三郎の『個人的な体験』論」(『日語日文学研究』第49輯)
「大江健三郎の『人生の親戚』論」(『日本文化研究』第13輯)他

【著　書】
『日本の文化と生活』(宝庫社、2004)

· 저자와의 협의 하에 인지는 생략합니다.

初版印刷 2005年 11月 20日 | 初版發行 2005年 12月 4日

著 者 洪珍熙
發行處 제이앤씨
登 錄 第7-220號

132-031 서울市 道峰區 倉洞 624-1 現代홈시티 102-1206
TEL (02)992-3224(代) FAX (02)991-1285
e-mail, jncbook@hanmail.net | URL http://www.jncbook.co.kr

ISBN 89-5668-296-8 93830 / 정가 14,000원